NÃO ME LEMBRO DE NADA

Nora Ephron

NÃO ME LEMBRO DE NADA

e outros papos da idade madura

Tradução de Heliete Vaitsman

Rocco

Título original
I REMEMBER NOTHING
And Other Reflections

A seguir alguns dos trechos desta coletânea que foram anteriormente publicados: "Christmas Dinner", "I Just Want to Say: Teflon" como "Farewell to Teflon", "I Just Want to Say: The Egg-White Omelette" como "The informational Cascade and the Egg-White Omelette", "I Just Want to Say: The World Is Not Flat" como "And by the Way, the World Is Not Flat", "Twenty-Five Things People Have a Shocking Capacity to Be Surprised by Over and Over Again" em *The Huffington Post*; "Addicted to L-U-V", "Going to the Movies" como "The Last Pictures Show", "I Just Want to Say: Chicken Soup" como "The Chicken Soup Chronicles", "I Just Want to Say: No, I Do Not Want Another Bottle of Pellegrino" como "What to Expect When You're Expecting Dinner", "The Six Stages of E-Mial", e "Who Are You?" em *The New York Times*, "My Life as an Heiress" em *The New Yorker*; e "The Legend" em *Vogue*.

Edição brasileira publicada mediante acordo com Alfred A. Knopf, um selo da The Knopf Doubleday Group, uma divisão da RandomHouse, Inc.

Direitos para a língua portuguesa reservados
com exclusividade para o Brasil à
EDITORA ROCCO LTDA.
Av. Presidente Wilson, 231 – 8º andar
20030-021 – Rio de Janeiro – RJ
Tel.: (21) 3525-2000 – Fax: (21) 3525-2001
rocco@rocco.com.br
www.rocco.com.br

Printed in Brazil/Impresso no Brasil

preparação de originais
JULIA WÄHMANN

CIP-Brasil. Catalogação na fonte.
Sindicato Nacional dos Editores de Livros, RJ.

E53n Ephron, Nora
Não me lembro de nada: e outros papos da idade madura / Nora Ephron; tradução de Heliete Vaitsman. – Rio de Janeiro: Rocco, 2011.

Tradução de: I remember nothing, and other reflections.
ISBN 978-85-325-2697-7

1. Ephron, Nora. 2. Mulheres de meia-idade - Humor, sátira etc. 3. Humorismo americano. I. Vaitsman, Heliete, 1947-. II. Título.

CDD–817
11-4763 CDU–821.111(73)-7

Para Richard e Mona

SUMÁRIO

NÃO ME LEMBRO DE NADA

Há muito tempo venho esquecendo isso e aquilo – pelo menos desde os meus trinta e poucos anos. Reconheço o processo de esquecimento porque, naquela ocasião, escrevi algo a respeito. Tenho provas. É claro que não consigo lembrar exatamente onde nem quando escrevi o que escrevi, mas poderia descobrir, suponho, caso precisasse fazê-lo.

Logo no início do esquecimento, as palavras me escapavam, assim como nomes. Eu fazia o que as pessoas costumam fazer nesses casos: percorria de alto a baixo um dicionário mental e tentava descobrir a letra inicial de determinada palavra, e quantas sílabas tinha. O item perdido acabava sendo recuperado e penetrava de novo na minha mente. Nunca pensei em tais lapsos como prenúncios de ruína, velhice ou senilidade propriamente dita. Sempre soube que, mais cedo ou mais tarde, recuperaria tudo o que fora esquecido. Uma vez, entrei numa loja para comprar um livro sobre doença de Alzheimer e esqueci o título. Achei engraçado. E foi mesmo engraçado naquele momento.

Uma coisa que nunca fui capaz de memorizar: o título daquele filme com Jeremy Irons. Aquele sobre Claus Von Büllow. Vocês sabem qual é. Tudo o que eu sempre consegui lembrar foi que o título continha três palavras, e a do meio era "de". Por muitos anos, aquilo não me incomodou nem um pouco, até porque ninguém que eu conhecesse tampouco conseguia lembrar o tal título. Uma noite, éramos um grupo de oito no teatro, e nenhum de nós foi capaz de relembrá-lo. Por fim, no intervalo da peça, alguém foi até a rua e *googlou* o filme: fomos todos informados do título e juramos memorizá-lo para sempre. Ao que me consta, os outros sete conseguiram. Eu, porém, voltei ao estágio de lembrar que continha três palavras, e a do meio era "de".

Aliás, quando enfim tomamos conhecimento do título, naquela noite, todos concordamos que era um mau título. Não me surpreende que não o recordássemos.

Agora vou consultar o Google para descobrir o nome do filme. Já volto...

É *O reverso da fortuna.*

Como alguém poderia se lembrar de um título desses? Não tem nada a ver com coisa nenhuma.

Mas o ponto a que quero chegar é o seguinte: há anos esqueço coisas, só que agora as esqueço de um jeito diferente. Eu costumava acreditar que poderia, um dia, recuperar as lembranças perdidas e grudá-las de novo à memória.

Agora reconheço que é impossível. Não há esperança de recuperar o que foi embora. E as novidades não grudam.

Conheci outro dia um homem que me contou ter um distúrbio neurológico que o impede de recordar os rostos das pessoas. Ele às vezes olha para si mesmo no espelho e não tem a menor noção de quem o está olhando de volta. Não pretendo minimizar sua doença, que, com certeza, é uma autêntica síndrome, com um nome comprido e cheio de letras maiúsculas, mas tudo o que pude pensar foi: "Bem-vindo ao meu mundo." Há poucos anos, o ator Ryan O'Neal confessou que não reconhecera a própria filha, Tatum, durante um funeral e por isso a tinha paquerado. Todo mundo o criticou. Eu não. No mês anterior, eu estava num shopping em Las Vegas quando uma senhora muito simpática veio em minha direção, sorridente, os braços estendidos. "Quem é essa mulher? De onde a conheço?", pensei. Aí ela falou e me dei conta de que era minha irmã Amy.

Vocês podem achar que eu não tinha como saber que minha irmã estaria em Las Vegas. Lamento informar que eu não só sabia, mas marcara um encontro com ela naquele shopping.

Tudo isso me deixa triste e saudosa, porém, acima de tudo, faz com que eu me sinta velha. Volta e meia eu me repito. Uso a expressão "Quando eu era jovem". Com frequência, não entendo uma piada, embora finja entendê-la. Quando assisto a uma peça ou a um filme pela segunda vez, é como se nunca tivesse assistido a eles antes, mesmo que esse *antes* tenha sido bastante recente. E não sei, nem de longe, quem são todas aquelas pessoas na revista *People*.

Eu tinha a impressão de que meu disco rígido estava superlotado. Agora sou obrigada a concluir que o oposto é que é verdadeiro: o disco está ficando vazio.

Ainda não alcancei o nadir da idade provecta, a Terra da Fábula, mas estou me aproximando dela.

Eu sei, eu sei, eu deveria ter mantido um diário. Deveria ter guardado as cartas de amor. Deveria possuir um depósito em algum lugar de Long Island para ter arquivado ali todos os papéis que, eu achava, nunca precisaria rever.

Mas não fiz nada disso.

E às vezes sou obrigada a concluir que não me lembro de nada.

Por exemplo, conheci Eleanor Roosevelt. Em junho de 1961, eu me preparava para um estágio político na Casa Branca de Kennedy. Todas as estagiárias de Wellesley/Vassar foram de carro até Hyde Park para ser apresentadas à ex-primeira-dama. Eu estava louca para conhecê-la. Crescera admirando, no estúdio da nossa casa, uma fotografia dela ao lado dos meus pais, nos bastidores do teatro onde estava em cartaz uma peça da autoria de ambos. Minha mãe trazia um ramo de flores no peito e Eleanor usava pérolas. Sempre vira aquela fotografia como icônica – se é que estou usando a palavra certa, e, se estou, é a primeira vez que isso acontece. Nós nos incluíamos entre os milhares de americanos (a maioria judeus) que tinham estúdios em casa e, nos estúdios, fotos de Eleanor Roosevelt. Eu idolatrava aquela mulher e não podia crer que estaria na mesma sala que ela. Então vocês devem estar se perguntando que tal a aparência dela, naquele dia em Hyde Park. NÃO FAÇO A MENOR IDEIA. Não lembro o que ela disse nem o que vestia; mal consigo recordar como era a sala onde a encontramos, embora guarde uma memória muito vaga das cortinas. Mas me lembro, sim, de um fato: eu me perdi no caminho. E, desde então, toda vez que passo pela rodovia estadual Taconic, minha mente registra que me perdi ali ao dirigir para um encontro com Eleanor Roosevelt. Mas, no que se refere a Eleanor Roosevelt em si, não me lembro de nada.

Em 1964, os Beatles vieram a Nova York pela primeira vez. Repórter de jornal, fui enviada ao aeroporto para cobrir a chegada. Era uma sexta-feira e os segui durante todo o fim de semana. No domingo à noite, eles apareceram no *Ed Sullivan Show*. Pode-se dizer que os anos 1960 começaram naquela noite, no *Ed Sullivan Show*. Foi uma noite histórica, e eu estava lá. Fiquei nos fundos do teatro Ed Sullivan e assisti a tudo. Lembro que as fãs eram terrivelmente irritantes – adolescentes que gritavam, se esgoelavam e se comportavam como idiotas. Mas e os Beatles, como eram? Se vocês me perguntarem isso, estarão perguntando à pessoa errada. Pois mal consegui ouvi-los.

Marchei em Washington para protestar contra a guerra do Vietnã. O ano era 1967 e o evento foi o mais significativo do movimento contra a guerra. Milhares de pessoas participaram. Fui com um namorado, advogado, e passamos a maior parte do dia transando num quarto de hotel. Não conto isso porque me sinta orgulhosa do feito, mas para explicar por que não posso, sinceramente, recordar o que sucedeu durante o protesto, nem se em algum momento me aproximei do Pentágono. Acho que não me aproximei. Acho que nunca estive no Pentágono – mas não apostaria um centavo se estive ou não estive.

Norman Mailer escreveu um livro inteiro, *Os degraus do Pentágono,* sobre essa marcha. Com 288 páginas, ganhou o prêmio Pulitzer. Eu, em compensação, mal consigo escrever dois parágrafos a respeito. Se você conhecesse Norman Mailer, e me conhecesse, e lhe pedissem para adivinhar qual dos dois era mais fissurado por sexo, sua escolha óbvia seria Norman Mailer. Engano completo.

Eis algumas pessoas que conheci e das quais nada lembro:

Juiz Hugo Black
Ethel Merman, atriz e cantora
Jimmy Stewart
Alger Hiss, acusado de espionagem
Senador Hubert Humphrey
Cary Grant
Benny Goodman
Peter Ustinov
O roteirista Harry Kurnitz
George Abbott
Dorothy Parker

Assisti à partida de tênis entre Bobby Riggs e Billie Jean King, e do lugar onde me sentei não vi absolutamente nada.

Fui à vigília na frente da Casa Branca na noite da renúncia de Nixon e o que tenho a contar a respeito é o seguinte: roubaram minha carteira.

Fui a muitos shows de rock lendários e passei o tempo todo pensando a que horas terminariam e onde comeríamos depois e se o restaurante ainda estaria aberto e o que eu iria pedir.

Fui a pelo menos cem jogos dos Knicks e só recordo a noite em que Reggie Miller fez oito pontos nos últimos nove segundos.

Cobri a guerra em Israel em 1973, mas meu terapeuta me proibiu terminantemente de ir até o *front*.

Não fui a Woodstock, mas bem que poderia ter ido, porque, de qualquer modo, não lembraria.

Desperdicei a minha vida, em certo sentido. Afinal de contas, se eu não consigo recordá-la, quem conseguiria?

O passado escorre entre meus dedos e o presente é um insulto permanente. Não estou à altura. Quando era mais jovem, conseguia superar minha resistência às novidades. Por exemplo, depois de um breve período de negação mergulhei no uso do processador de alimentos Cuisinart: tinha curiosidade em relação à tecnologia. Virei uma fanática dos e-mails e blogs – considerava-os românticos e cheguei a fazer filmes usando-os como tema. Mas agora acredito que quase todas as novidades foram postas na face da Terra para me fazer sentir inadequada devido à minha memória em declínio e ergui um muro de proteção contra a maioria delas.

Do outro lado desse muro, há um monte de coisas. Quase nunca presto atenção nelas. Durante muito tempo, eu não soube a diferença entre sunitas e xiitas, mas ouvi tanto os sons das duas palavras que enfim fui obrigada a aprender. Mas não posso deixar de pensar: e daí? Não me basta saber que uns não gostam dos outros? Bem, o fato é que já esqueci a diferença.

Neste momento, recuso-me a saber o que quer que seja sobre um punhado de assuntos, entre os quais se incluem:

As antigas repúblicas soviéticas
A família Kardashian
O twitter
Os programas de TV com títulos como *Desperate Housewives*, *Survivor*, *American Idol* e *The Bachelor*
O irmão de Karzai, presidente do Afeganistão
Futebol
O peixe chamado tamboril
O rapper Jay-Z
Todos os drinques inventados depois do Cosmopolitan
E especialmente o drinque feito com folhas de hortelã picadas. Você sabe qual é.

Agora vou consultar o Google para descobrir o nome do drinque. Já volto...

Mojito.

Vivo na era Google, não há como negar, o que traz muitas vantagens. Se a gente esquece algo, vasculha o iPhone e vai ao Google. O típico lapso de memória do idoso se transforma em busca no Google, o que soa muito mais simpático, sofisticado, jovem e contemporâneo, não é? Ao manejar as ferramentas do mecanismo de busca, a gente praticamente prova que se mantém a par das atualidades. Você é até capaz de se iludir e supor que ninguém na mesa a considera uma velhota. E encontrar a pecinha que falta é muito rápido. Não se parece em nada com o verdadeiro lapso de memória do idoso – a busca demorada por uma resposta, as conjeturas, a autorrecriminação, as enganosas batidinhas na testa, o frustrado estalar de dedos. Basta ir ao Google e recuperar o que se quer.

Você só não pode recuperar a própria vida (exceto na Wikipédia, e em versão inexata.)

Mas pode recuperar o nome do ator daquele filme sobre a Segunda Guerra Mundial. E o nome da escritora que escreveu o livro, sim, aquele livro, sobre o caso de amor que manteve com o pintor, aquele pintor. Ou o nome da canção interpretada por aquele cantor, a tal canção que falava de amor.

Você sabe qual é...

QUEM É VOCÊ?

EU CONHEÇO VOCÊ

Eu conheço você. Conheço bem. É verdade que tenho um probleminha com o seu nome, mas sei como você se chama. Só não estou conseguindo me lembrar neste momento. Estamos numa festa e nos cumprimentamos com um beijinho. Tivemos uma conversa deliciosa sobre o fato de sermos as duas últimas pessoas na face da Terra que não se beijam nas duas bochechas. Agora estamos falando sobre como são falsas todas as pessoas que se beijam nas duas bochechas. Ha, ha, ha, ha, ha, ha. Você é tão encantador. Se eu apenas conseguisse lembrar seu nome... É indesculpável que eu não consiga. Você já jantou lá em casa. Tentei ler seu último livro. E sei o nome da sua namorada, ou quase sei. Algo parecido com Chanelle, mas não. Chantelle? Também não. Ainda bem que ela não está aqui, pois assim não esqueci os nomes dos dois. Estou entrando em desespero. Algo parecido com Larry. É Larry? Não, não é. Jerry? Não, não é. Mas termina com Y. E o seu último nome tem três sílabas. Começa com C. Ou começa com G? Estou entrando em parafuso. Um milagre acontece, porém: o anfitrião vai saudar o convidado de honra. Graças a Deus. Posso fugir para o bar.

JÁ NOS ENCONTRAMOS ANTES?

Já nos encontramos antes? Acho que sim. Contudo, não tenho certeza. Fomos apresentados, mas não captei o seu nome porque faz muito barulho nessa festa. Vou fingir que nos conhecemos e não vou dizer "Muito prazer". Se eu disser "Prazer em conhecê-lo", sei o que vai acontecer. Você vai dizer "Já fomos apresentados" e vai falar num tom meio agressivo, irritadiço. E não vai sequer me dizer seu nome para que eu possa relembrá-lo. Então, em vez de dizer "Prazer em conhecê-lo", vou dizer "Prazer em vê-lo". Com um enorme sorriso no rosto, sem parecer em pânico. Mas pensarei "Por favor, me diga seu nome, por favor, por favor, por favor, me dê uma dica". É bem possível que meu marido se aproxime e então terei que apresentá-los. E isso me será impossível – você então perceberá que não sei quem você é, embora talvez tenhamos passado um fim de semana juntos num barco em 1984. Compartilho com meu marido um sinal secreto, que inclui um beliscão muito forte dado por mim no braço dele. O sinal significa: "Diga seu nome a essa pessoa porque eu não tenho a menor ideia de quem é ela." Mas meu marido sempre esquece o sinal secreto e não posso confiar que responda ao beliscão, ainda que este produza um hematoma. Eu desejaria esganá-lo por ele esquecer nossa combinação, mas não tenho a menor moral para fazê-lo, pois eu mesma esqueci (se é que alguma vez soube) o nome da pessoa com quem estou conversando.

VELHAS AMIGAS

Velhas amigas? Acho que sim. Você está feliz por me ver, eu estou feliz por vê-la. Mas quem é você? Ai, meu Deus, você é Ellen. Não posso acreditar. Ellen. "Ellen! Como vai? Já se passaram... – quanto tempo mesmo passou?" Eu gostaria de sugerir que só não a reconheci de imediato porque você mudou de penteado, mas nada mudou no seu penteado, ao menos nada que justifique minha incapacidade de reconhecê-la. O que você fez, de fato, foi envelhecer. Não acredito. Você era da minha idade, e agora é muito, muito, muito mais velha do que eu. Você poderia ser minha mãe. A não ser, é claro, que eu pareça tão velha quanto você e não tenha notado. Mas isso é impossível. Ou é possível? Olho ao redor e percebo que todo mundo ali se parece com outra pessoa – e, ao tentar descobrir quem é essa outra pessoa, constato que é uma versão anterior dela mesma, uma versão mais magra, ou mais saudável, ou mais alta, ou pré-cirurgia plástica. Se é assim que acontece com todo mundo, deve acontecer comigo. Ou não? Mas deixa pra lá: agora você está falando comigo. "Maggie", você diz, "há quanto tempo..." "Não sou a Maggie", digo. "Ai, meu Deus", você responde, "é você. Eu não a reconheci. Você mudou de penteado."

JORNALISMO: UMA HISTÓRIA DE AMOR

O que eu lembro é que havia um dia vocacional no primeiro ano do ensino médio, e a gente precisava escolher a profissão sobre a qual queria se informar. Escolhi jornalismo – não sei por quê. Deve ter sido culpa de Lois Lane, por um lado, e, por outro, influência de um livro maravilhoso que ganhei de presente num Natal, *O tesouro das grandes reportagens.* A jornalista que falou naquele evento vocacional era repórter esportiva do *Los Angeles Times.* Uma mulher encantadora, ela mencionou que havia poucas mulheres nos jornais. À medida que eu a ouvia, de súbito me dei conta de que tudo o que queria na vida era ser jornalista, provavelmente uma boa maneira de conhecer homens.

Bem, não lembro o que veio antes – a vontade de ser jornalista ou a vontade de namorar um jornalista. As duas coisas estavam indelevelmente ligadas.

Trabalhei nos jornais da escola e da faculdade e, uma semana antes de me formar em Wellesley, em 1962, consegui um emprego em Nova York. Eu havia procurado uma agência de empregos na rua 42 Oeste e dissera à recepcionista que queria ser jornalista. Quando ela me perguntou "Você gostaria de trabalhar na revista *Newsweek*?", respondi afirmativamente. Ela pegou o telefone, marcou uma entrevista para mim e me enviou diretamente para o Edifício Newsweek, no número 444 da avenida Madison.

O homem que me entrevistou perguntou por que eu queria trabalhar na *Newsweek*. Acho que ele esperava que eu respondesse algo como "Porque é uma revista importante", porém eu não tinha nenhuma opinião formada, a favor ou contra a revista. Eu mal tinha lido a *Newsweek*, que, naquela época, ficava muito atrás da *Time*, e respondi que queria trabalhar lá porque esperava ser redatora. Ele rapidamente me garantiu que não havia mulheres redatoras na revista. Nunca me passaria pela cabeça contradizê-lo ou afirmar "No futuro, o senhor verá que se enganou sobre mim". Naqueles tempos, a mulher que quisesse alcançar determinadas coisas tinha que ser uma exceção à regra. Fui contratada para trabalhar na seleção da correspondência, ganhando 55 dólares por semana.

Eu tinha encontrado um apartamento para compartilhar com uma amiga de faculdade na rua Sullivan 110, um edifício novo em folha e horroroso, de tijolos brancos, entre as ruas Spring e Prince. O aluguel era de 160 dólares por semana, com os dois primeiros meses grátis. O corretor nos garantiu que o South Village era um bairro em ascensão, às vésperas de entrar na moda. Isso só se tornou verdade depois de uns vinte anos, no mínimo, e, àquela altura, o lugar passara a ser chamado de SoHo; mas eu já tinha me mudado havia muito tempo. De qualquer modo, no dia da formatura, enchi um carro alugado com as minhas tralhas e fui para Nova York. Só me perdi uma vez – não sabia que não devia pegar a ponte George Washington para chegar a Manhattan. Recordo meu estado de pânico total ao perceber que estava involuntariamente rumando para Nova Jersey e que nunca seria capaz de achar o retorno; eu dirigiria rumo ao sul para sempre e jamais alcançaria a cidade para a qual sonhava regressar desde os cinco anos, quando meus pais irrefletidamente me obrigaram a mudar para a Califórnia.

Quando finalmente cheguei à rua Sullivan, descobri que era o dia do Festival de Santo Antônio. O quarteirão não tinha estacionamento e alguém fritava *zeppole*, uma espécie de bolinho de ricota, bem em frente ao meu apartamento. Eu nunca tinha ouvido falar de *zeppole* e fiquei animadíssima. O mercado de rua ficaria ali por meses, pensei, e eu poderia comer todo algodão-doce que desejasse. Mas é claro que a festa acabou na semana seguinte.

Só havia moças, e nenhum rapaz, na seção de correspondência da *Newsweek*. Se você tivesse um diploma universitário (como eu), tivesse trabalhado no jornal da faculdade (como eu) e fosse mulher (como eu), era contratada para ser mensageira. Se fosse um rapaz (diferente de mim) com exatamente as mesmas qualificações, contratavam-no como repórter e enviavam-no a uma sucursal em algum lugar dos

Estados Unidos. Era injusto, mas estávamos em 1962 e o mundo funcionava assim.

Meu trabalho não podia ser mais prosaico: as moças da correspondência entregavam a correspondência. Isso aconteceu há um bocado de tempo, quando uma quantidade enorme de cartas chegava em grandes pacotes o dia inteiro. Mas eu não era qualquer uma. Era a mensageira de Elliott. Isso significava que trabalhava até tarde todas as sextas-feiras, levando textos dos redatores para os editores e vice-versa. Um dos editores era Osborn Elliott. Era comum trabalharmos até as três da madrugada nas sextas-feiras, e tínhamos que estar lá novamente no sábado de manhã, para o fechamento das editorias País e Exterior. Era excitante, de uma forma autorreferida que constitui a essência do jornalismo: a gente realmente passa a crer que vive no centro do universo e que o mundo lá fora está em suspenso, à espera do próximo exemplar da publicação – qualquer que seja ela – na qual trabalha.

As máquinas de telex ficavam numa área fechada por vidros, ao lado do hall de entrada, e uma das minhas tarefas era cortar os textos do telex, rolos de papel com os relatos dos repórteres das sucursais, e entregá-los aos redatores e editores. Uma noite, chegou um telex que falava do proprietário da *Newsweek*, Philip Graham. Eu o havia visto em várias ocasiões. Alto, bonitão, o tipo de homem cujas fotos nunca revelavam o quanto era másculo e fisicamente atraente; ele entrava na redação contando piadas com sua voz cavernosa e sorrindo seu enorme sorriso de dentes brancos. Estava na fase maníaca de sua doença maníaco-depressiva, mas ninguém sabia disso; ninguém sequer sabia o que era doença maníaco-depressiva.

Graham tinha se casado com Katharine Meyer, da família proprietária do *The Washington Post*, e se tornara diretor do *Post* e do império jornalístico que controlava a *Newsweek*. De acordo com o telex, porém, ele estava em meio a um colapso nervoso e a um caso muito público com uma jovem que trabalhava na revista. Comportara-se de maneira inadequada em eventos sociais e usara a expressão "foda-se" em alguns momentos. Naquela época, era um escândalo alguém dizer "foda-se". Aliás, esse é um dos aspectos que me deixam irritadíssima ao assistir a filmes cuja ação se passa nos anos 1950 e início dos anos 1960; as pessoas estão sempre dizendo "foda-se". E, acredite, ninguém pronunciava essa expressão irrefletidamente, como se faz agora. Também vou contar outra coisa: ninguém bebia vinho. Ninguém sequer tinha informação sobre vinhos. Obviamente alguns deviam saber alguma coisa, mas a maioria das pessoas bebia destilados no jantar. Recentemente, vi um filme em que as pessoas, em 1948, jantavam uma pizza entregue em casa. Fiquei indignada. Ninguém entregava pizza em casa em 1948. Mal havia pizza naquele tempo, e praticamente não havia entregas em domicílio. Esses são alguns dos fatos dos quais tenho certeza, o tipo da cultura inútil que ocupa um bocado de espaço no meu cérebro.

A crise nervosa de Philip Graham – que culminou com seu suicídio – vivia sendo discutida em voz baixa pelos editores, e como eu lia todos os telexes e ouvia tudo o que eles diziam, mesmo que fossem murmúrios, fiquei fascinada. Havia um arquivo morto – uma biblioteca de recortes disponíveis para pesquisa – na *Newsweek*; os arquivos mortos são uma das grandes alegrias do trabalho jornalístico. Eu entrava lá, pegava todos os recortes sobre Graham e os lia entre uma entrega de correspondência e outra, deslumbrada pela história desse homem extraordinariamente atraente e da moça rica com quem ele se casara. Anos mais tarde, na autobiografia de Kay Graham, li as cartas deles e descobri que haviam sido apaixonados no passado, algo que não passaria pela minha cabeça na época em que vasculhava os recortes. Parecia-me óbvio que aquele era um jovem ambicioso que se aproximara de forma calculista da filha de um milionário. O casamento agora se desfazia bem sob os meus olhos. Era um drama tão empolgante que quase compensava a total insignificância do meu trabalho.

Depois de alguns meses, fui promovida ao estágio seguinte do emprego para moças na *Newsweek*: tornei-me clipadora de jornais. As clipadoras marcavam e recortavam jornais de todo o país. Sentávamos em torno de uma mesa chamada de Mesa do Clipping, armadas com estiletes e lápis-cera, marcávamos e recortávamos as matérias dos jornais e enviávamos os recortes às editorias correspondentes. Por exemplo, se alguém descobria a cura do câncer em St. Louis, enviávamos a notícia à editoria de Medicina. Ser clipadora era horrível e, para piorar a situação, eu era competente na tarefa. Mas uma coisa eu aprendi: conheci em profundidade todos os jornais importantes dos Estados Unidos. Não sei explicar direito qual foi a vantagem disso, mas com certeza houve uma. Anos mais tarde, quando me envolvi com um colunista do *The Philadelphia Inquirer*, ao menos eu sabia qual era a aparência do jornal em que ele trabalhava.

Mais três meses e fui promovida novamente, dessa vez ao escalão superior: virei pesquisadora. "Pesquisadora" era uma bela palavra – aliás, nem tão bela assim – para "apuradora de informações"; e o trabalho era esse, literalmente, verificar as informações. Eu trabalhava na Editoria Nacional e adorava estar ali. Não era um mau emprego para quem se formara seis meses antes; além do mais, como eu possuía um diploma de ciência política, conhecia um pouco aquela área. Éramos seis redatores e seis pesquisadores, trabalhando de terça-feira a sábado à noite, quando a revista fechava. Durante a maior parte da semana, não fazíamos quase nada. Os redatores esperavam os despachos dos repórteres das sucursais, que só chegavam quinta ou sexta-feira. Então, nas tardes de sexta-feira, redigiam as matérias e passavam-nas a nós para que as conferíssemos. Conferíamos as matérias, nos fixando em todos os pontos factuais, e ocasionalmente dávamos um telefonema ou fazíamos algum trabalho de repórter. Naquele tempo, os redatores de revistas usavam a expressão "tk" para dizer que faltava algo "a ser informado". Eles escreviam frases como "há *tk* lâmpadas no candelabro do salão da Câmara dos Deputados", e parte da nossa pesquisa era descobrir exatamente quantas lâmpadas havia no local. Esses detalhes pitorescos eram factoides, não fatos, por meio dos quais as revistas semanais se distinguiam dos jornais diários. Tal estilo chegou ao auge no trabalho de Theodore H. White, ex-articulista da *Time*, cujos livros *Fazendo o presidente* eram repletos de informações sobre aspectos como a sopa predileta do presidente Kennedy (sopa de tomate, com um toque de creme de leite). (O resultado foi que durante anos tomei essa sopa.)

Na *Newsweek*, depois de ter conferido os fatos e se convencido de sua veracidade, o pesquisador sublinhava a frase. A conferência de um texto só era considerada completa depois que todas as palavras estivessem sublinhadas. Numa manhã de terça-feira, chegamos ao trabalho e encontramos uma crise gigantesca: uma das matérias da Editoria Nacional daquela semana tinha sido publicada com um erro de grafia – o primeiro nome de Konrad Adenauer tinha saído com C e não com K. Não culparam o redator (homem) que tinha escrito errado, nem os muitos editores (homens) e copidesques (homens) que haviam editado a matéria, mas as duas pesquisadoras (mulheres) que a haviam conferido. Elas foram confrontadas e logo estavam discutindo sobre qual das duas tinha sublinhado a palavra "Conrad". "Esse não é o meu tipo de sublinhado", uma delas dizia.

Em retrospectiva, é claro, percebo como a revista havia institucionalizado o sexismo de maneira brilhante. Para cada homem, uma mulher inferior. Para cada redator, uma discípula obsequiosa. Para cada criativo inventor de um detalhe sem-importância-mas-desconhecido, uma jovem trabalhadora braçal que preencheria a lacuna. Para cada executivo que cometia um erro, uma subalterna para culpar. Mas a década estava muito no início para que eu reconhecesse isso e, além do mais, começava a compreender a improbabilidade de ser algum dia promovida a redatora na *Newsweek*. E, aliás, se fosse promovida, não tenho motivos para supor que faria um bom trabalho.

A famosa greve de 114 dias dos jornais (que não foi uma greve, mas um *lockout*) começou em dezembro de 1962. Como um dos efeitos colaterais, vários jornalistas dispensados pelos patrões foram trabalhar temporariamente na *Newsweek*. Namorei um deles, Charles Portis, repórter do *New York Herald Tribune*, o que não está em questão (embora não esteja totalmente fora dela). A questão é que Charlie, um escritor maravilhoso, de estilo espetacular e completamente original (ele mais tarde se tornou romancista, autor de *Indomável*), não tinha o menor jeito para redigir as matérias estereotipadas da *Newsweek*, sem voz própria nem assinatura, que tinham de caber num número exato de linhas.

Àquela altura, eu tinha feito amizade com Victor Navasky, editor da revista satírica *Monocle*, que parecia conhecer todo mundo. Ele conhecia gente importante e gente que fazia parecer importante devido ao simples fato de conhecê-la. *Monocle* saía esporadicamente, mas patrocinava um bocado de festas, e nelas encontrei pessoas que se tornaram meus amigos para o resto da vida, inclusive a mulher de Victor, Annie, Calvin Trillin e John Gregory Dunne.

Victor também me apresentou a Jane Green, editora na *Condé Nast*. Era uma mulher mais velha, de uns 25 anos, muito estilosa e sofisticada, e também conhecia todo mundo. Ela apresentou-me à minha primeira omelete, ao meu primeiro queijo brie, ao meu primeiro *vitello tonnato*, deliciosa iguaria italiana. Usava a palavra "pictórica" e tentou me explicar seu significado. Perguntou-me que tipo de judia eu era, a mim, que nunca tinha ouvido tal conceito. Jane era judia alemã, o que não queria dizer que tivesse nascido na Alemanha, mas seus avós terem vindo de lá era algo que a deixava exultante. Não me ocorria que isso tivesse a menor importância (e, aliás, não tinha, de fato; aqueles dias haviam terminado).

Eu poderia seguir enumerando infinitamente as coisas que aprendi com Jane. Ela me falou sobre de Kooning e me levou ao Museu de Arte Moderna para ver *pop art* e *op art*. Ensinou-me a diferença entre Le Corbusier e Mies van der Rohe. Ela havia saído com vários jornalistas e escritores populares e, muito antes de conhecê-los, eu já conhecia, por intermédio de Jane, detalhes íntimos a seu respeito. Mais tarde, fui para a cama com um deles, o que encerrou minha amizade com ela, mas estou colocando o carro diante dos bois.

Depois de aproximadamente um mês de greve, Victor me telefonou contando que conseguira levantar dez mil dólares para publicar paródias dos jornais de Nova York e perguntou se eu escreveria uma paródia da coluna de fofocas de Leonard Lyons publicada pelo *New York Post*. Respondi que sim, mesmo sem saber o que deveria fazer. Eu conhecera Lyons – ele frequentava o Sardi's, onde meus pais jantavam quando estavam em Nova York –, mas nunca prestara atenção na sua coluna. Telefonei para minha amiga Marcia, que havia pouco tempo cuidara dos cachorros do filho de Leonard Lyons, e perguntei-lhe qual era o foco dele. Ela explicou que a coluna de Lyons consistia numa série de pequenas anedotas, sem um assunto específico. Subi até o arquivo da *Newsweek*, li as colunas de várias semanas e escrevi a paródia. Paródias são muito estranhas, só escrevi meia dúzia delas até hoje. É como se um vento passasse e "possuísse" a pessoa que escreve. É o mais perto que um escritor chega de atuar – quase como se fosse um personagem durante um breve período, e depois a coisa se esvai.

Os jornais produzidos por Victor – o *New York Pest* e o *Dally News* – iam para as bancas, mas não vendiam. Os jornaleiros não entendiam, na época – muito antes do *National Lampoon* e *The Onion* –, o que eram paródias, e a maioria devolvia os jornais ao distribuidor. No mundo jornalístico, porém, todos os liam. Eram engraçados. Os editores do *Post* queriam entrar com um processo, mas a editora, Dorothy Schiff, disse: "Não sejam ridículos. Se eles sabem parodiar o *Post*, então podem escrever para o *Post*. Contratem-nos." Os editores falaram com Victor, que falou comigo, perguntando se eu estava interessada em me candidatar a um emprego no *Post*. É claro que eu estava interessada.

Alguns dias mais tarde, fui à redação do *Post* na rua West. Era um dia gélido de fevereiro e me perdi, procurando a entrada do prédio, que, na verdade, ficava na rua Washington. Peguei o elevador até o segundo andar e caminhei pela sala comprida e suja até a editoria de Cidade. Não podia imaginar que estava no lugar certo. Era uma sala grande e empoeirada, com janelas empoeiradas com vista para o rio Hudson – não que fosse possível ter qualquer vista através delas. Sentados num conjunto de escrivaninhas, na escuridão do inverno, estavam três ou quatro editores. Ofereceram-me um estágio como repórter logo que acabasse o *lockout*.

Nova York tinha então sete jornais, entre eles o *Post*, o de menor circulação. O jornal sempre fora liberal e conhecera dias de glória sob a direção de um editor chamado James Wechsler, mas esses dias tinham ficado no passado. Ainda assim, mantinha uma base sólida de leitores fiéis. Sete semanas depois de iniciado o *lockout*, Dorothy Schiff driblou a Associação de Editores e reabriu o jornal. Tirei uma licença de duas semanas da *Newsweek* e comecei o estágio, para o qual me preparei estudando o *Post* e, mais importante, sendo instruída por Jane, que trabalhara lá por um breve período. Ela me explicou tudo o que eu precisava saber sobre o jornal. O *Post*, disse, era um periódico vespertino, trazendo matérias conhecidas como "noturnas", que não deviam ser confundidas com as reportagens e notícias publicadas pelos matutinos. As pessoas compravam um jornal publicado à tarde, além do jornal da manhã, para ler os artigos de fundo e os artigos de opinião. Nunca se usava um lide do tipo simples – "quem, o que, onde, quando, como, por quê?" num vespertino. Ela também recomendou que, ao receber uma tarefa, eu nunca dissesse "Não entendi" ou "Onde exatamente fica isso?" ou "Como faço contato com eles?". Volte para sua mesa, acrescentou, e descubra sozinha. Pegue os recortes do arquivo. Procure no catálogo telefônico. Procure em outro catálogo telefônico. Telefone para os amigos. Faça qualquer coisa, menos perguntar ao editor o que fazer ou como chegar.

Cheguei para o estágio esperando uma redação diferente daquela em que entrara pela primeira vez, num dia escuro de inverno. Mas, com exceção das luzes mais fortes, estava tudo igual. O local era, de fato, uma relíquia – um cenário de época para uma redação da década de 1930. Mesas velhas, cadeiras quebradas. Todos fumavam, porém não havia cinzeiros, e cigarros acesos ficavam na beirada das mesas, nelas deixando borrões escuros. Não havia mesas em número suficiente, de modo que você não teria sua própria mesa, nem gaveta, se não trabalhasse lá por vinte anos. Encontrar um lugar para se sentar era uma espécie de dança das cadeiras. As janelas nunca eram limpas. As portas que se abriam para a redação tinham painéis de vidro fosco tão imundos, que alguém escrevera neles, com o dedo, a palavra "nojento". Por mim, tudo bem. Eu tinha passado metade da vida desejando ser repórter de jornal, e chegara a hora de experimentar.

Publiquei quatro matérias na minha primeira semana. Entrevistei a atriz Tippi Hedren. Fui ao aquário de Coney Island para escrever sobre duas focas que se recusavam ao acasalamento. Entrevistei um diretor de cinema italiano chamado Nanni Loy. Cobri um assassinato da rua 82 Oeste. Na sexta-feira à tarde, recebi a oferta de trabalho efetivo no jornal. Um dos repórteres me levou para um drinque naquela noite, num bar próximo chamado Primeira Página. Era este mesmo o nome do bar, Primeira Página. Mais tarde, tomamos um táxi na avenida Madison e passamos pelo Edifício Newsweek. Olhei para o 11º andar, as luzes todas acesas, e pensei que lá em cima estavam fechando a edição semanal da revista, e ninguém dava a mínima para isso. Foi uma revelação atordoante.

Eu amava o *Post*. Era um zoológico, claro. O editor-chefe, um predador sexual. O editor responsável, um lunático. Às vezes, parecia que metade da equipe estava bêbada. Mas eu amava meu trabalho. No primeiro ano, aprendi a escrever, o que mal sabia quando comecei. Os editores e copidesques me ajudaram. Na verdade, eles me educaram. Deram-me matérias curtas no início, depois matérias maiores, e, em seguida, séries de cinco reportagens. Aprendi na prática e, depois de algum tempo, adquiri um sentido instintivo de estrutura. Um copidesque brilhante, Fred McMorrow, devolvia minha matéria e explicava os motivos das alterações que fizera. Nunca comece uma matéria com uma citação, ele dizia. Jamais use nenhum verbo senão "disse". Jamais coloque uma informação realmente importante no último parágrafo, porque ela sem dúvida vai ser cortada por falta de espaço. Um grande editor de artigos de fundo, Joe Rabinovich, podava meus ocasionais exageros estilísticos e me salvou do que seria uma lamentável babaquice quando Tom Wolfe começou a escrever para o *Herald Tribune* e fiz uma tentativa patética de escrever exatamente como ele. O editor-executivo, Stan Opotowsky, me ofereceu uma série de matérias excêntricas. Escrevi sobre ondas de calor e golpes de frio. Cobri os Beatles, Bobby Kennedy e o roubo da safira *Star of India*.

O *Post* tinha uma equipe enxuta, mas com um número maior de mulheres que todos os outros jornais juntos de Nova York. O copidesque mais genial era uma mulher, Helen Dudar. *Alô, queridinha, me dá isso aí pra reescrever.* Naquele tempo, o *Post* publicava seis edições por dia, a primeira às onze da manhã e a última às quatro e meia, sendo esta a que trazia os índices da Bolsa de Valores. Os repórteres que estavam na rua ligavam para a redação de telefones públicos, contando os detalhes de suas apurações, e os homens do copidesque escreviam as reportagens. A Editoria de Cidade ficava ao lado da gráfica e os ruídos – repórteres batendo a máquina, linotipistas operando máquinas, máquinas de telex batucando, impressoras rodando – faziam parte do mito do jornalismo.

Trabalhei no *Post* por cinco anos, antes de começar a escrever para uma revista. Eu acreditava no jornalismo.

Acreditava de verdade. Acreditava que as pessoas que reclamavam por suas declarações terem sido deturpadas simplesmente achavam difícil ver suas palavras em dura letra de forma. Acreditava que os ativistas políticos que se viam como vítimas de uma conspiração maquinada pelas empresas jornalísticas não imaginavam que a maior parte das empresas era incompetente demais para abrigar conspirações. Acreditava ter temperamento de jornalista por causa do meu cinismo e do meu distanciamento emocional; eu às vezes julgava que essas eram falhas de caráter, mas de fato não acreditava nisso.

Eu me casei com um jornalista, e não deu certo. Mas depois me casei com outro jornalista, e deu certo.

Agora reconheço que não existe isso que chamam "verdade". Sei que declarações são constantemente deturpadas, e que empresas jornalísticas abrigam uma série de conspirações (de algum modo, a incompetência é uma espécie de conspiração). Que o distanciamento emocional e o cinismo só levam a gente até um determinado ponto.

Mas, durante muitos anos, vivi apaixonada pelo jornalismo. Eu adorava a redação. Adorava a turma. Adorava fumar e beber uísque e jogar pôquer a um dólar. Eu não sabia muito sobre nada e estava numa profissão em que saber muito não era obrigatório. Eu adorava a rapidez. Adorava os prazos. Adorava embrulhar o peixe do dia seguinte.

Não se pode inventar nada disso, eu costumava afirmar.

Desde criança, eu sabia que viveria em Nova York um dia e que tudo o que tivesse acontecido antes seria apenas uma fase de espera. Durante todos aqueles anos, eu imaginara como seria Nova York. Seria o lugar mais excitante, mais mágico e mais repleto de possibilidades onde alguém jamais poderia viver, eu pensava; um lugar onde uma pessoa podia obter aquilo que de fato desejasse; um lugar onde eu estaria rodeada de pessoas que morria de vontade de conhecer; um lugar onde eu poderia me tornar a única coisa que valia a pena ser – jornalista.

E acontece que eu tinha razão.

A LENDA

Cresci numa casa de estilo espanhol na parte plana de Beverly Hills. Meus pais tinham um grupo grande de amigos, quase todos transplantados de Nova York, que pertenciam ao "meio". Era assim que se falava – o meio (chamávamos de civis as pessoas que não eram do meio). Os homens eram roteiristas de cinema ou de televisão. Suas mulheres não faziam nada. Na época, eram chamadas de donas de casa, mas nenhuma delas se dedicava às tarefas domésticas – todas tinham cozinheiras, arrumadeiras e lavadeiras. Nossa mãe também contava com auxílio doméstico, mas era diferente das outras: ela trabalhava. "Você vai ter que dizer a eles que sua mãe não poderá ir porque tem que trabalhar." Mamãe proferia essa frase várias vezes por ano; ela a desobrigava de comparecer a reuniões da associação de pais e mestres e similares, porém também se destinava a nos fazer entender que estava um degrau acima das outras mães. Ela estava até mesmo um degrau acima das outras profissionais mulheres – havia poucas no meio, entre elas a figurinista Edith Head, com quem almocei uma vez em companhia de mamãe, porém nenhuma tinha carreira *e* filhos. Minha mãe tinha as duas coisas. Também servia refeições deliciosas, o que era outra forma de estar por dentro. E sabia manter as empregadas. Além do mais, vestia-se muito bem.

Isso sucedeu muito antes da vigência do conceito de que é possível ter tudo, porém minha mãe tinha tudo. E então ela estragou a história ao se transformar numa alcoólatra enlouquecida. Mas isso foi mais tarde.

Todos os dias, quando meus pais voltavam do trabalho, a família se reunia no jardim de inverno. Meus pais bebiam e *crudités* eram servidas – embora naquele tempo ninguém chamasse as cenouras e o aipo de *crudités*. Depois jantávamos na sala de jantar. Os pratos eram aquecidos e as bolinhas de manteiga eram feitas com espátulas de madeira. Havia uma entrada, um prato principal e uma sobremesa. Pensávamos que todo mundo vivia assim.

Na nossa mesa de jantar, discutíamos política e as leituras dos meus pais. Contávamos histórias animadas sobre os acontecimentos da escola naquele dia. Brincávamos de matar charadas. Minha mãe, que tinha sido monitora em colônia de férias, nos estimulava a cantar. "Sob as castanheiras que se espalham", cantávamos, enquanto abríamos os braços e balançávamos o corpo. Ou cantávamos "Toca o sino, toca o sino, dindindon, dindindon" e batíamos nossas colheres contra os copos. Aprendemos a confiar em Lucy Stone, no New Deal, no político Norman

Thomas e no jornalista Edward R. Murrow. Ensinaram-nos que a religião institucionalizada era a raiz de todos os males e que Adlai Stevenson era Deus. Fomos doutrinadas com as regras de minha mãe: nunca compre um casaco vermelho. Carne vermelha evita que seus cabelos fiquem opacos. Você *pode* deixar a mesa, mas *não deveria* fazê-lo. Cintas estragam os músculos abdominais. Os meios e o fim são a mesma coisa.

E havia as histórias, as histórias com as quais crescemos. Como meus pais se conheceram e se apaixonaram. Como fugiram de uma colônia de férias onde eram monitores e se casaram para poder dormir na mesma barraca. Como a tia Minnie, tia de mamãe, se tornou a primeira mulher dentista da história mundial. E finalmente – e tudo isso só serve de preâmbulo para o que vou contar agora – como minha mãe expulsou Lillian Ross da nossa casa.

Não era apenas uma história, era uma lenda.

Lillian Ross fora a uma das festas de meus pais. Uma vez por ano, mais ou menos, eles ofereciam um grande jantar, para cerca de quarenta pessoas sentadas, com mesas e cadeiras alugadas de Abbey Rents. Serviam seu delicioso cardápio preparado pela governanta com muito tempo de casa, e mamãe usava um vestido Galanos adquirido para a ocasião. Todos os amigos eram convidados – Julius J. Epstein (*Casablanca*), Richard Maibaum (*O relógio verde* e, mais tarde, os filmes de James Bond), Richard Breen (a série *Dragnet*), Charles Brackett (*Ninotchka*, *Crepúsculo dos deuses*), e Albert Hacket e sua mulher, Frances Goodrich, que tinha os créditos mais importantes entre todos eles (*A ceia dos acusados*, *Sete noivas para sete irmãos*, *A felicidade não se compra*, *O diário de Anne Frank*). Do segundo andar, eu observava as festas através do corrimão, e ouvia Herbie Baker (*Sabes o que quero*) tocar piano depois do jantar. Uma vez, vi de relance Shelley Winters, com o namorado Liam O'Brien (*Corações enamorados*), e houve uma noite em que Marge e Gower Champion também apareceram. Não podia haver festas mais estreladas.

St. Clair McKelway foi convidado para uma dessas festas. Renomado redator da revista *New Yorker*, roteirista de alguns filmes, ele telefonou com antecedência para saber se podia levar uma amiga, Lillian Ross. Perguntou se minha mãe sabia quem era. Com certeza ela sabia. A *New Yorker* chegava pelo correio todas as semanas. Junto com o *New York Times* de domingo e a *Saturday Review of Literature*, era leitura obrigatória para a diáspora de gente antenada que vivia em Hollywood; ao lê-los, os exilados se sentiam por dentro dos acontecimentos e imaginavam que poderiam voltar para a Costa Leste a qualquer momento.

Lillian Ross, ainda jovem, já era famosa por suas matérias na *New Yorker* e pela capacidade de fazer seus personagens parecerem idiotas. Acabara de publicar um perfil devastador de Ernest Hemingway e estava em Los Angeles para uma reportagem sobre John Huston e a filmagem de *A glória de um covarde*. Seria bem-vinda ao jantar, mamãe disse a St. Clair McKelway, com a condição de nada publicar a respeito.

Então Lillian Ross veio à festa. Antes do jantar, pediu que minha mãe lhe mostrasse a casa. O que mamãe fez. Até que Lillian deparou-se com uma fotografia de nós quatro – minhas três irmãs e eu.

– São suas filhas? – perguntou.

– São – mamãe respondeu.

– E você costuma vê-las? – Lillian Ross perguntou.

Foi o suficiente.

Minha mãe conduziu Lillian ao andar térreo e devolveu-a a McKelway.

– Caiam fora – disse.

E ambos saíram.

Essa era a lenda em torno de minha mãe e Lillian Ross. Mamãe adorava contá-la. Era praticamente um filme de caubói. Tínhamos sido educadas para acreditar na competência das mulheres e Lillian Ross ousara questioná-la. Bem na nossa casa. Então minha mãe a expulsou.

Eu amava essa história. Amava todas as histórias que provavam que minha mãe estava certa e todos os demais estavam errados, sobretudo porque uma parte de mim não podia deixar de desejar que ela fosse exatamente como todas as outras mães.

Passaram-se dez anos antes que eu começasse a refletir sobre o episódio. Foi assim mesmo que aconteceu? Há um monte de histórias que a gente ouve na infância, e, ao crescer, descobre que têm algo de errado. São certinhas demais. E a parte mais incômoda é o golpe de misericórdia, a última frase perfeita. Certa vez, meu pai escreveu suas memórias, nas quais conta, entre outros episódios completamente inacreditáveis, como mandou Darryl Zanuck se foder. O tal episódio ocorrido entre mamãe e Lillian Ross era, de alguma forma, uma versão desse tipo de história. Boa demais para ser verdade.

Minha mãe se tornou alcoólatra quando eu tinha 15 anos. Foi estranho. Ela não era alcoólatra num dia e, no dia seguinte, se tornou um desastre completo. Bebia uma garrafa de uísque por noite. Por volta da meia-noite, saía correndo do quarto, batendo a porta aos gritos e nos aterrorizando. Meu pai também bebia, mas era um bêbado desleixado e sentimental, com um alcoolismo mais benigno que o dela.

Quando saí de casa para estudar em Wellesley, eles já não trabalhavam em cinema, mas conseguiam manter-se sóbrios durante o dia e um colaborava com o outro; escreveram uma peça de sucesso, *Take Her, She's Mine*, sobre uma família do sul da Califórnia cuja filha vai para uma universidade feminina da Costa Leste. A peça, que citava textualmente as cartas que eu havia escrito da faculdade, estreou na Broadway no meu último ano de estudos, com Art Carney no papel de pai e Elizabeth Ashley no de filha. Todo mundo em Wellesley tomou conhecimento da peça e da minha famosa mãe, a escritora competente para fazer qualquer coisa.

Eu não esperava que papai ou mamãe comparecessem à minha formatura, mas, alguns dias antes, minha mãe telefonou dizendo que decidira ir. Ela surgiu em toda a sua glória e elegância, de tailleur, sapatos de salto nove, brincos de pressão combinando com o broche. Passou duas noites no dormitório, no quarto ao lado do meu. Deitada na minha cama, através das paredes finas, eu a ouvia resmungar, embriagada. Apavorada, eu temia que ela escapasse do quarto para os corredores da Tower Court e me envergonhasse diante de minhas colegas, ou que descesse as escadas cambaleando, batendo portas e berrando, o que revelaria a verdade a minhas amigas.

Mas qual era a verdade?

Eu estava insuflada pela narrativa original; era uma verdadeira crente. Minha mãe era uma deusa.

Mas minha mãe era uma alcoólatra.

Pais alcoólatras confundem muito a gente. Eles são seus pais, então você os ama; mas vivem bêbados, então você os odeia. Mas os ama. Mas os odeia. Em alguns momentos, ainda são as pessoas que você idolatrava na infância; em outros momentos, é impossível imaginar que jamais tenham sido outra coisa senão monstros. E então, depois de um tempo, tornam-se monstros em tempo integral. As pessoas que eles foram mantêm enorme poder sobre você – quarenta anos se passarão antes que você decida comprar um casaco vermelho (e, mesmo assim, para usá-lo apenas uma vez) – porém as pessoas nas quais se transformaram não têm mais qualquer poder sobre você.

Por muito tempo antes da morte de mamãe, desejei que ela morresse. Aí ela morreu e não pensei: "Por que eu quis isso? O que havia de errado comigo? Que espécie de gente desejaria a morte da própria mãe?" Não, não pensei nada disso, de jeito nenhum. Mamãe se transformara num completo pesadelo. Bebeu até cair morta, aos 57 anos.

Eu tinha 30 anos quando ela morreu. Depois de cinco anos como repórter de jornal, me tornei colaboradora *freelancer* de revistas. Escrevi para a *Esquire* nos últimos dias do editor Harold Hayes e para a revista *New York* nos primeiros dias de Clay Felker. Foi uma época esfuziante. Revistas como a *Esquire* e a *New York* constituíam o *zeitgeist*, o espírito da era, e os homens (quase todos) que escreviam para elas eram extremamente autoconfiantes e cheios de energia. Pensavam que tinham inventado a não ficção, o que não era verdade, e também o conceito de frequentar restaurantes em bando até tarde da noite. Naqueles tempos, as revistas tinham, de fato, grande importância; a chegada às bancas de uma nova *Esquire* era recebida como se fosse um acontecimento sensacional e era mesmo muito divertido participar daquilo. Tornei-me redatora da *Esquire*, responsável por uma coluna sobre mulheres. No mundo da imprensa, o mundinho em que eu vivia, me tornei um pouco famosa.

Eu nunca tinha encontrado Lillian Ross, mas ocasionalmente pensava nela. Havia lido tudo o que ela escrevera no início da carreira e a admirava bastante, porém ela havia parado de publicar perfis assinados e passara a escrever as notas, em geral sem menção de crédito, da seção "Conversas da Cidade" da *New Yorker*. Segundo os boatos, Lillian mantinha um caso com o editor da revista, William Shawn, e parecia (a distância) uma vítima da praga que ele rogara e que transformara a revista num mar de insipidez.

Na época, desenrolava-se, no mundo das revistas, uma guerra fria entre os que trabalhavam na *Esquire* e na *New York*, e a turma da *New Yorker*. Eles viviam vidas invejáveis – tinham contratos e seguro de saúde e podiam passar meses escrevendo suas matérias; nós, ao contrário, estávamos sempre correndo contra os prazos e nos engalfinhando para faturar uma grana. Eles fingiam modéstia e desprezavam o sucesso; nós exaltávamos nossa própria importância e nos esforçávamos para subir os degraus escorregadios que levam ao topo da carreira. Eles eram os eleitos, nós, os pagãos. Eles veneravam "Mr. Shawn", conhecido por sua reclusão, cujo nome era pronunciado num sussurro, como se fosse o Ba'al Shem Tov; já nós saltávamos entre Harold e Clay e vice-versa. Eles nos consideravam egocêntricos; para nós, eles eram exóticos.

Eu era o tipo de pessoa que Lillian Ross odiaria, se soubesse quem eu era, ou pelo menos foi o que pensei, numa noite de 1978, quando alguém me fez atravessar um salão para conhecê-la. Estávamos numa festa na casa de Lorne Michaels, produtor do programa de TV *Saturday Night Live*. Lillian Ross estava escrevendo um perfil de Lorne havia oito anos. "Vocês duas precisam se conhecer", Lorne disse ao nos apresentar. Percebi no mesmo instante que Lillian Ross não compartilhava tal necessidade. "Vocês têm tanto em comum", ele acrescentou ao nos largar sentadas no sofá.

"Prazer em conhecê-la", eu disse.

"Igualmente", ela respondeu.

Ela era uma mulher miúda, de cabelos curtos cacheados e olhos azuis brilhantes; sorriu e esperou que eu começasse.

Eu tinha um objetivo: descobrir, sem dar nenhuma informação em troca, se a história de mamãe era verdadeira. Não queria que Lillian Ross soubesse que era um personagem da nossa saga familiar e não queria trair minha mãe, revelando que a figura de Lillian ainda pairara sobre nossa casa por muitos anos depois de sua rápida aparição. Queria que mamãe vencesse o duelo, tivesse este sido real ou fictício.

Mas como fazer a pergunta? "É verdade que minha mãe expulsou você da nossa casa?" parecia uma frase um pouco temerária. "Acho que você conheceu minha mãe" parecia evasivo demais, especialmente se Lillian recordasse o incidente.

Eu não sabia o que fazer.

Então comecei afirmando ser sua fã ardorosa. Ela agradeceu e ficou à espera da minha frase seguinte. Supus, portanto, que ela jamais tivesse lido nada de minha autoria ou que odiava meu trabalho ou que talvez – e aí eu já estava quase nocauteada – não soubesse sequer que eu escrevia.

Perguntei-lhe sobre seu filho e contei-lhe sobre o meu. Minha experiência indica que ninguém, exceto amigos muito íntimos, se interessa de verdade por filhos alheios, porém continuamos a fingir por algum tempo.

Então perguntei se ela ainda estava escrevendo o perfil de Lorne, como eu tinha ouvido dizer. Sim, disse ela, estava escrevendo. Outra pausa. Era óbvio que ela não iria me fazer concessões. Comecei a ficar irritada. Era verdade que estava escrevendo sobre Lorne havia oito anos? – perguntei. Sim, estava, disse ela. Quando você acha que vai terminar? – indaguei. Fiz a pergunta com um tom de voz inocente, ou ao menos eu esperava que fosse inocente, mas não consegui enganá-la. Não precisamos correr na *New Yorker*, ela disse.

Isso esclareceu um fato: ela sabia quem eu era.

Escavei mais fundo: perguntei por que tinha parado de publicar perfis assinados. Fiz a pergunta de um modo sagaz, pensei comigo mesma, o mel escorrendo-me dos lábios. Disse que tinha apreciado muito seus artigos longos, sentia saudades da sua leitura e conjeturara sobre os motivos pelos quais ela deixara de escrevê-los. Ela respondeu que parara de escrever artigos assinados por acreditar que o jornalismo de revistas tinha se tornado muito egocêntrico e autopromocional.

Tive que admitir: era uma boa resposta.

E então Lillian Ross respondeu à indagação que eu não fizera.

– Estive na sua casa uma vez – disse. – Conheci sua mãe.

– É mesmo?– eu fingi completa ignorância.

– Mas não vi você – ela disse.

Era o que eu queria.

Não havia mais dúvida.

Tinha acontecido.

Encontrei Lillian Ross muitas vezes desde aquela noite. Ela ainda escreve para a *New Yorker*, mas a revista deixou de publicar artigos sem o crédito dos autores. Mais tarde, ela escreveu um artigo confessional, em primeira pessoa, a respeito de seu relacionamento com Mr. Shawn, o que significa que, de alguma forma, abandonou a máscara. Considero-a tão egocêntrica e autopromocional quanto todos nós, o que é um elogio.

Mas nada disso tem a ver, de fato, com Lillian Ross. Tem a ver com mamãe. Muitos anos antes da sua morte, eu desistira dela. Recuperei-a, contudo, naquela noite com Lillian; recuperei a mãe que idolatrara antes que tudo virasse um inferno. Recuperei a versão clássica. Ela expulsara Lillian Ross da nossa casa por todos os motivos corretos. A lenda era verdadeira.

MINHA ARUBA

Sinto informar que tenho uma Aruba.

Você não sabe o que é uma Aruba, mas logo, logo vai descobrir.

Minha Aruba foi batizada em homenagem à ilha de Aruba, no Caribe, onde os ventos são tão fortes que todas as árvores pequenas se inclinam para o lado numa só direção. Minha Aruba, entretanto, não é uma ilha. É aquilo que está acontecendo com meus cabelos, bem ali atrás, no cocuruto da cabeça. Os tufos venceram e esvoaçam para os lados, deixando um pequeno espaço vazio. Não é exatamente uma calva. É algo que sobressai quando acordo. Aí arrumo os cabelos e a oculto; algumas horas depois, ela volta de novo. Uma rajada de vento, uma caminhada curta, uma viagem de metrô, a própria vida – tudo, absolutamente tudo pode fazer meus cabelos esvoaçarem para os lados, deixando na parte de trás da cabeça um ponto em que o couro cabeludo fica visível.

E a questão é que não consigo enxergá-lo.

Até mesmo quando vislumbro minha figura numa vitrine, o ponto continua invisível, porque fica na parte de trás da cabeça.

De frente, minha aparência é ótima.

Pareço tão jovem quanto pode parecer uma pessoa da minha idade.

Para quem me olha de trás, contudo, fica a impressão de que ou esqueci de me pentear ou sou um pouquinho careca.

Não é verdade, juro.

A verdade é que sou mais velha do que pareço, e minha Aruba é um sinal. Eu não possuía uma Aruba quando era mais jovem e possuo uma agora.

Essa não é a pior coisa do envelhecimento, mas é desanimador. E quase ninguém informa a gente a tempo.

Aliás, há um montão de coisas sobre as quais ninguém fala e que a gente só percebe ao chegar em casa e descobrir que passou o dia na companhia delas. Refiro-me, é claro, ao espinafre que ficou nos dentes, ou à etiqueta que sobressai no alto da gola, ou ao pedaço macio de papel higiênico grudado no sapato. E também penso naqueles pequenos salpicos escuros que às vezes se grudam no canto dos olhos, bem como no rímel que escorreu. Estou falando de fiapos em geral.

É muito triste você olhar-se no espelho do banheiro no final da noite e compreender que passou os últimos noventa minutos com espinafre nos dentes. Ou salsinha, que é ainda mais perigosa de comer. E nenhum dos seus amigos a ama a ponto de lhe avisar.

Isso é especialmente doloroso porque é tão fácil contar às pessoas que elas estão com espinafre nos dentes. Basta dizer: "Ei, você está com espinafre nos dentes."

Mas o que se diz a alguém que ostenta uma Aruba, especialmente porque não havia – antes que eu escrevesse este artigo – uma palavra para descrevê-la?

Agora que encontrei a palavra, no entanto, quero que você seja capaz de me avisar toda vez que minha Aruba aparecer. Porque aí poderei ajeitá-la. Provisoriamente, ao menos.

MINHA VIDA DE HERDEIRA

Eu nunca soube por que minha mãe não mantinha contato com seu irmão Hal. Mas tenho hipóteses. É possível que ele não desse apoio financeiro aos pais. É possível que ela não gostasse da mulher dele, Eleanor. É possível que ela tivesse ficado ressentida o resto da vida em virtude dos pais terem pago os estudos dele em Columbia, enquanto ela foi obrigada a ir para uma faculdade pública. Quem sabe? O segredo está morto e enterrado.

Qualquer que tenha sido o motivo, cresci sem conhecer meu tio Hal. Vivíamos em Los Angeles, ele vivia em Washington, D. C. com a supracitada Eleanor. Ambos foram economistas do governo até se aposentar nos anos 50. Houve boatos de que eram afiliados a algum partido de esquerda. Meus pais nunca tinham chegado mais à esquerda do que o socialismo, mas aqueles eram os anos da lista negra. Eles conheciam uma dúzia de pessoas que tinham dedurado gente e conheciam pelo menos dois dos Dez de Hollywood, além de vários que, diziam, teriam ido para a cadeia, junto com os Dez, se houvesse Onze, ou Doze.

Meus pais temiam que os boatos sobre a afiliação esquerdista de Hal e Eleanor os alcançassem e prejudicassem na Califórnia, e parece que foi justamente o que aconteceu, embora sem qualquer prejuízo real. Um dia, no início dos anos 1950, eles foram convocados ao escritório de Spyros Skouras, um velho grego que então dirigia a Twentieth Century Fox. Skouras mostrou a minha mãe um pedaço de papel sobre Hal. "Phoebe, você é comunista?" Mamãe explicou a Skouras que ela não era seu irmão Hal e não era comunista, o que foi o fim do incidente, exceto como anedota.

Quando eu estava na faculdade, tio Hal e tia Eleanor já estavam muito longe do comunismo, se é que algum dia tinham estado perto: haviam se tornado corretores e ficado muito, muito ricos. Em 1961, eu trabalhava em Washington num estágio universitário na área política e eles me levaram para jantar no Duke Zeibert. Hal era um homem adorável e gentil, Eleanor, uma mulher vibrante. Tinha um rosto longo, equino, cabelos alourados e adorava dar uma gargalhada. Nos fins de semana, eu ia para a casa deles em Falls Church, uma mansão nova e magnífica que eles haviam construído num grande condomínio. Eleanor e Hal não tinham filhos, mas possuíam um monte de casas – eles as compravam e vendiam, sem olhar para trás. Eram proprietários de obras de arte, antiguidades chinesas e tapetes persas, e a casa deles era administrada com eficiência por uma governanta chamada Louise. Mencionei Louise por um motivo, como vocês verão.

Meus pais não eram, com efeito, ligados à família; nunca conheci os irmãos de papai nem meus primos de primeiro grau. Mas Hal e Eleanor tinham contato com todos os tipos de pessoas do lado materno da família e, naquele verão em Washington, me apresentaram a parentes de mamãe, primos em segundo grau, ou terceiro grau (tudo depende de como se faz a conta). Um deles, Joe Borkin, conhecido advogado de Washington, sabia tudo da história familiar e não acreditou que eu tivesse crescido sem saber onde meus avós maternos tinham nascido; ele me contou e eu, para ser leal à mamãe, que não tinha interesse nessas coisas, esqueci imediatamente. Outro parente era Morty Plotkin, um médico pouco cordial, mas esperto o suficiente para se tornar radiologista. Era casado com Tedda, um nome que eu amava de paixão. Tedda Plotkin. A gente se apaixona por um nome desses. Anos depois, quando minha mãe estava morrendo de cirrose, Tedda me telefonou, surgida do nada, e gritou comigo, como se fosse minha culpa. Hal e Eleanor me apresentaram a Irwin, o sobrinho dentista dela, que mais tarde associou-se aos negócios de ambos. Também o menciono por um motivo.

Depois da faculdade, mudei-me para Nova York; de vez em quando, Hal e Eleanor vinham à cidade e me levavam para almoçar ou jantar. Quando me casei com meu primeiro marido, eles nos presentearam com um grande candelabro dourado antigo, o qual, segundo minha vaga reminiscência, garantiram ser de estilo Luis XIV. Não pode ser verdade. Depois do divórcio, Hal me telefonou para se assegurar de que meu marido não levara o candelabro ao sair de casa.

Aquele candelabro me acompanhou ao meu apartamento no East Side e depois ao meu segundo casamento. Lembro-me dele muito bem, um objeto que me parecia estúpido, guardado na garagem da casa em Bridgehampton. Onde está até hoje, suponho. Eu realmente gostaria de saber, porque finalmente alcancei a idade de apreciar como ele era fabuloso. Não há dúvida de que foi uma das baixas do divórcio. Quando a gente se divorcia e não fica com a casa (e eu não fiquei), abandona todo tipo de objetos que, na ocasião, não tem o bom-senso de prever que um dia recordará, ou almejará possuir ou, ainda pior, pelos quais sentirá uma autêntica nostalgia.

Em 1974, Eleanor faleceu. Os anos passaram. Eu me encontrava com tio Hal em Washington e Nova York. Meu pai e ele, viúvos, conversavam de vez em quando pelo telefone; depois das conversas, papai telefonava para me atualizar. Papai estava na fase inicial de esquecer as coisas, mas jamais esquecia um número de telefone. Nos seus últimos anos, fazia no mínimo cem ligações por dia, todas breves. Nunca dizia alô nem até logo. Não dava a ninguém a chance de responder "estou ocupado" ou "esqueça meu número" ou "não posso falar agora". Ele ia direto ao ponto e então, como escreveu minha irmã Delia no seu livro *Linhas cruzadas*, desligava.

– Acabo de escrever minhas memórias – dizia. – Vou chamá-las de *Eu*.

– Ótimo – eu respondia.

Ele desligava.

– Acabei de telefonar para Kate Hepburn e contei a ela o título das minhas memórias – dizia. – Ela adorou.

– Que ótimo, papai.

Ele desligava.

Sempre nutri a esperança de que ele mostraria algum interesse pelos meus filhos, Max e Jacob, mas ele nem mesmo recordava seus nomes. Um dia, Jacob atendeu ao telefone e meu pai disse: – Quem fala, Abraão? Ou é o outro? – Jacob, que tinha sete anos, é digno de louvor por ter achado aquilo engraçado. Ainda assim, eu ficava triste. Você vive pensando que um raio vai atingir seus pais e eles se transformarão magicamente nas pessoas que gostaria que fossem ou voltarão a ser iguais àqueles que foram um dia. Mas não é assim. E, embora você saiba que eles nunca vão mudar, continua a esperar que mudem.

Os boletins de papai sobre meu tio Hal nunca eram sobre o próprio Hal, mas sobre os vastos bens de Hal, os quais, de acordo com papai, seriam inteiramente herdados por mim e minhas três irmãs.

– Falei com Hal e você está no testamento – ele dizia. E:

– Você ainda está no testamento.

– Vai ser dividido por vocês quatro.

– Muita grana.

Àquela altura da minha vida, a credibilidade de papai era mínima, de modo que jamais considerei que ele estivesse falando a verdade e que eu fosse herdar uma fortuna. E tio Hal estava bem de saúde. Mas, num dia de verão de 1987, eu estava sentada à escrivaninha, lutando para escrever um roteiro de cinema que me ajudaria a pagar as contas, quando o telefone tocou. Era um administrador de um hospital em Washington, D.C., informando que Hal estava à morte, com pneumonia, e que eu deveria, como sua parente próxima, preparar-me para tomar a decisão de interromper a terapia. Atônita, desliguei. O telefone tocou de novo. Era Tedda Plotkin, esposa do radiologista, me ligando pela segunda vez na vida, para dizer que o apartamento de Hal em Washington estava apinhado de tapetes e obras de arte extremamente valiosos e eu deveria trancá-lo de imediato. Caso não o fizesse, Louise, a governanta, poderia fugir com tudo o que havia lá dentro. Eu disse a Tedda que duvidava sinceramente de que Louise fizesse algo assim, mas ela trabalhara para Hal e Eleanor a maior parte de sua vida adulta e tinha todo o direito de fugir com o que bem entendesse. O telefone tocou de novo. Era o hospital. Hal tinha falecido.

Telefonei para minha irmã Delia.

– Prepare-se para ser uma herdeira – disse-lhe.

Nem Delia nem eu tínhamos a menor noção do valor dos bens de Hal. Havia a renda das casas vendidas por ele e Eleanor, bem como dos grandes condomínios que eles tinham construído em McLean e Falls Church, uma sucessão de quarteirões pontilhados de mansões suburbanas de alto padrão, daquelas que fazem sonhar, com piscinas internas, salões de jogos, cozinhas americanas e amenidades do gênero. E também havia o Famoso Fator Porto Rico. Hal e Eleanor haviam comprado grandes quantidades de terra em algum lugar de Porto Rico e iniciado a construção de um condomínio em sociedade com Irwin, o dentista. Eu às vezes perguntava a Hal sobre o assunto e ele respondia que tudo ia muito bem, ele havia acabado de chegar de Porto Rico, iriam se reunir com o arquiteto, os planos eram fantásticos, haviam visto as maquetes e estavam procurando mais investidores.

Parecia-me que os bens valiam ao menos três milhões de dólares, um bocado de dinheiro na época. Divididos por quatro, 750 mil dólares para cada uma. Eu não podia acreditar. Era uma fortuna. Mudaria tudo. OK, talvez fossem apenas dois milhões. Ainda assim, cada uma receberia meio milhão de dólares. Por outro lado, os bens podiam valer quatro milhões. Um milhão para cada uma! Eu continuava a calcular e a dividir por quatro e a gastar mentalmente o dinheiro. Meu marido e eu tínhamos comprado pouco antes uma casa em Long Island, e a reforma havia custado muito mais do que calculáramos. Não sobrara um centavo para o paisagismo. Saí da casa e caminhei ao redor dela, a imaginação já plantando diversas árvores. Arranquei o gramado esburacado e imaginei enormes caminhões trazendo a terra e a grama que eu agora podia pagar. Pensei na incursão que faria à estufa em busca de hortênsias. Meu coração estava acelerado. Interrompi o trabalho de meu marido e tivemos uma conversa sobre as árvores que queríamos. Um corniso definitivamente. Um corniso maravilhoso e enorme. Custava uma pequena fortuna e estávamos às vésperas de adquirir um.

Subi as escadas e olhei o roteiro que estava escrevendo. Nunca teria que trabalhar nele outra vez. Eu só estava naquilo pelo dinheiro e, sendo realista, o filme nunca seria rodado; além do mais, estava com muita dificuldade. Desliguei o computador. Deitei-me na cama para pensar em outras formas de gastar o dinheiro do tio Hal. Cruzou-me a mente que precisávamos de uma cabeceira nova.

Em 15 minutos, portanto, atravessei os dois primeiros estágios da fortuna herdada: júbilo e preguiça.

O telefone tocou. Era meu pai.

– Hal morreu – disse ele.

– Eu sei.

– Ele ia deixar o dinheiro para vocês quatro – papai prosseguiu. – Mas eu disse a ele para cortar você do testamento, porque você já tem bastante dinheiro.

– O quê?

Ele desligou.

Incrédula, olhei para o gramado do lado de fora. Adeus, terra e grama.

Telefonei para Delia.

– Espere até ouvir a novidade – e contei o que acontecera.

– Bem, nós vamos acertar tudo – disse Delia. – Cada uma vai dar a você uma percentagem do que herdarmos e com isso todas terão o mesmo.

– Um quarto – eu disse.

– Você sempre foi melhor em matemática – respondeu Delia. – Vou ligar para as outras.

Ela telefonou para as outras e, em seguida, para mim.

– Amy topou. Hallie não – disse.

Não pude crer. Nós quatro tínhamos, desde sempre, um acordo: se uma de nós fosse excluída do testamento de papai, as outras a incluiriam. Com certeza, isso também se aplicava ao tio Hal.

O dia ainda não terminara e havíamos ingressado no terceiro estágio da fortuna herdada: dissensão.

No dia seguinte, recebi um telefonema do advogado de Hal. Meu pai estava enganado. Hal não havia me excluído do testamento. Havia deixado metade dos seus bens para nós quatro, e a outra metade para Louise, a governanta.

Fiquei feliz por Louise. Ela merecia o dinheiro.

Quanto a mim, estava reduzida a um oitavo. Não tão bom quanto um quarto, mas, se os bens fossem equivalentes a quatro milhões de dólares, ainda era um bocado de dinheiro.

– Qual é o valor? – perguntei ao advogado.

– Não muito.

– E não muito significa quanto?

– Menos de meio milhão.

Muito menos de meio milhão, como se comprovou depois. Graças a Irwin, o dentista, Hal perdera quase todo o seu dinheiro na aventura de Porto Rico. O que sobrou, dividido por oito, ainda daria para comprar terra e grama, mas não me salvaria do roteiro que eu estava escrevendo.

– A boa notícia – acrescentou o advogado – é que não há imposto sobre herança quando você herda menos de 68 mil dólares.

Telefonei para Delia e Amy e contei a elas. Não telefonei para Hallie. Eu nunca mais voltaria a falar com minha irmã Hallie.

Subi as escadas e liguei meu computador e voltei ao trabalho.

Na semana seguinte, minha irmã Amy telefonou para contar que o advogado de Hal lhe dissera que talvez houvesse um Monet. Um quadro encontrado no armário ia ser enviado ao avaliador. Àquela altura, eu tinha perdido a esperança, o que não impediu Amy de entrar no quarto estágio da fortuna herdada: possível obra-prima no armário.

Acho que nem preciso lhes contar que não era um Monet.

No final, cada uma das quatro herdou cerca de quarenta mil dólares do tio Hal.

Nunca entrei, pois, no quinto estágio da fortuna herdada: riqueza.

Terminei o roteiro e ele foi filmado. Sou rápida para extrair lições de minha própria experiência, e a lição extraída dessa foi que tirei a sorte grande ao não ter herdado uma soma considerável, pois, nesse caso, talvez eu não houvesse terminado de escrever *Harry & Sally – feitos um para o outro*, que mudou a minha vida.

Harry & Sally foi um êxito estrondoso e até deu lucro. Compramos um corniso. Uma árvore realmente belíssima. Ela floresce no fim de junho e evoca meu doce tio Hal.

INDO AO CINEMA

Fomos ao cinema uma noite dessas. Vivemos em Nova York, onde um ingresso custa 13 dólares, sem incluir a taxa de um dólar e meio da compra antecipada on-line. Adoro fazer a compra antecipada on-line. Um dos autênticos milagres da vida moderna é, em minha opinião, aquele momento no qual você entra num cinema, enfia seu cartão de crédito numa máquina e ela cospe o número exato de ingressos solicitados com antecedência. Toda vez que isso acontece, morro de vontade de dizer: "Não acredito! Isso é o máximo!! Uau!!!"

Por outro lado, existe um aspecto do progresso tecnológico nesse quesito "comprar-ingressos-com-antecedência" que tira toda a graça da aquisição: você agora pode imprimir a confirmação da compra em casa, ignorar a máquina e ir direto para a portaria do cinema. Ali, alguém escaneia a confirmação e imprime o ingresso, o que obriga todo mundo que está atrás de você na fila a esperar mais tempo de pé e elimina completamente o momento miraculoso que você antecipara ao se preparar para assistir a um filme.

Numa noite dessas, porém, não entregamos nossa confirmação impressa ao porteiro, porque não havia porteiro à vista ao entrarmos no cinema. A entrada da sala estava completamente vazia de funcionários. Os outros clientes simplesmente entraram sem entregar seus ingressos, e fizemos o mesmo. Descemos dois andares para o Cinema 7 e o porteiro com quem esperávamos esbarrar no caminho nunca apareceu. Também queríamos comprar alguma coisa na lanchonete, mas a lanchonete do subsolo estava fechada e a pipoca amontoada numa pilha, lá dentro, parecia velha e fria.

Acho que preciso revelar agora que o cinema em questão era o Loews Orpheum 7, localizado entre a rua 86 e a Terceira Avenida, em Manhattan. Eu talvez deva contar também que o Loews Orpheum 7 é de propriedade da AMC, mas antes pertencia à Loews Cineplex Entertainment Corporation, grupo cuja diretoria integrei. Foi uma experiência desagradável da minha vida, porque eu tivera a modesta esperança de, como membro da diretoria, tomar alguma providência em relação à inacreditável má qualidade da comida vendida nos cinemas. A realidade é que ninguém na Loews deu a menor importância à minha opinião sobre a comida vendida nos cinemas. Então eu assistia disciplinadamente às reuniões de diretoria, nas quais era submetida a uma série de apresentações em PowerPoint validando a política da empresa naquele momento, que consistia na construção de complexos de cinema caros e grandes, a maioria deles localizados bem em frente a outros igualmente caros e grandes em construção por empresas cinematográficas rivais.

Um dia, depois de dois anos na diretoria, eu estava hospedada num hotel em Los Angeles e assisti a uma daquelas reuniões por telefone. O tédio era tão avassalador que coloquei a chamada em espera e desci para fazer as unhas. Ao voltar ao quarto, apenas vinte minutos mais tarde, e pegar o telefone, ouvi as pessoas gritando umas com as outras. Eu não queria admitir que saíra do quarto – o que, aliás, ninguém notara – e fiquei apenas ouvindo por algum tempo, até entender que a empresa tinha ido à falência enquanto eu tinha ido à manicure.

Foi um choque para mim e para os demais membros da diretoria. Nunca cheguei a compreender por que a notícia não foi mencionada logo no início da reunião, pois era um dos motivos óbvios dos gritos: diretores cujas empresas possuíam ações da Loews Corporation descobriam que haviam perdido centenas de milhões de dólares em consequência de uma falência sobre a qual ninguém tivera sequer a gentileza de adverti-los. O tema nem mesmo constava da agenda!

Meses mais tarde, um empresário canadense comprou os Cinemas Loews por um preço de banana e os vendeu à AMC, que até agora, pelo que pude observar, nada fez para melhorar o serviço, inclusive a qualidade da comida à venda nas lanchonetes. O que quero dizer é que ir ao cinema era tão romântico – a gente se sentava numa sala enorme com balcão, camarotes, fabulosos frisos dourados nas paredes e uma enorme cortina de veludo vermelho. Agora frequentamos retângulos cinzentos sem decoração e invadidos pelo som do retângulo vizinho. É triste.

Mas voltemos à noite em que fomos ao cinema. Passamos pela lanchonete fechada, entramos na sala, nos sentamos. Os anúncios já estavam rodando. Vimos uma publicidade de refrigerante tão apaixonada por si mesma que recomendava que visitássemos um site especial da web para ver como o anúncio tinha sido realizado. Outro anúncio explicava como comprar ingressos on-line com antecedência. De repente, o som sumiu e a tela ficou escura. Minutos se passaram. O cinema estava com três quartos da lotação, mas ninguém se mexeu. De uma forma estranha e inexplicável, me senti responsável. Levantei-me e subi os dois andares. Uma porteira se materializara e recebia os ingressos. Eu lhe disse que o sistema do Cinema 7 estava em pane e ela me olhou sem expressão. Perguntei se ela poderia informar a alguém que o sistema estava em pane. Ela respondeu afirmativamente e continuou a receber os ingressos. Depois de uns minutos, quando todos os clientes já tinham entrado, ela gritou: "Projeção, há algum problema no Cinema 7?" Voltei para o meu lugar lá embaixo.

O sistema voltou a funcionar. Exibia-se um trailer. Observei uma larga faixa de luz branca na parte inferior da tela, e as imagens dos atores estavam cortadas no meio dos olhos.

Saí da sala e subi de novo. A porteira ainda se encontrava lá, recebendo ingressos. Perguntei se ela poderia pedir ao projecionista que enquadrasse o filme. Mais uma vez ela me olhou sem qualquer expressão, e perguntei de novo. Ela prometeu que sim e esperei que se dirigisse até o local onde devia estar o invisível projecionista. Quando voltei ao meu lugar, a imagem na tela tinha sido enquadrada, embora não perfeitamente, mas a essa altura eu estava exausta demais com meu heroísmo para voltar a reclamar.

O filme começou. Estava fora de sincronia, mas tudo bem, era um bom filme. E só *ligeiramente* fora de sincronia. Além do mais, como era um filme repleto de cortes e ação, era suportável assistir a ele fora de sintonia. Então, nos últimos vinte minutos, ficou inacreditavelmente, notavelmente, extraordinariamente fora de sincronia! Mas a sessão estava quase no final. E eu não queria me levantar, com medo de perder alguma coisa.

Em seguida, na saída da sala, pedi para falar com a gerência. A gerente estava ausente por licença-maternidade. Pedi para falar com o/a assistente da gerente. Não havia assistente da gerente. De modo que acabei falando com minha velha amiga, a porteira, que, vocês já imaginam, ficou animadíssima ao me encontrar novamente. Eu disse a ela que o último rolo do filme a que acabáramos de assistir estava fora de sincronia e que seria melhor providenciar o ajuste antes da próxima sessão. Ela me prometeu que fariam isso.

VINTE E CINCO COISAS QUE ESPANTAM AS PESSOAS UMA VEZ, OUTRA VEZ, E, SURPRESA!, AINDA MAIS UMA VEZ

1. Jornalistas às vezes inventam fatos.
2. Jornalistas às vezes entendem as coisas errado.
3. Quase todos os livros publicados como memórias foram inicialmente escritos como romances, e depois o agente/editor disse: "Pode dar mais certo como memória."
4. Mulheres jovens e belas às vezes se casam com homens feios, velhos e ricos.
5. Em negócios, não existe aquilo que se chama de sinergia no bom sentido do termo.
6. A liberdade de imprensa pertence aos donos da imprensa.
7. Nada do que é escrito nas páginas de Esporte do jornal de hoje será entendido por quem não leu as páginas de Esporte de ontem.
8. Não existem meios de explicar a Bolsa de Valores, mas as pessoas tentam.
9. O Partido Democrata é uma profunda decepção.
10. Filmes não produzem quaisquer efeitos políticos.

11. Os homens são infiéis.
12. Um bocado de gente interpreta a Bíblia literalmente.
13. A pornografia é o ópio das massas.
14. Nunca conhecemos a verdade sobre nenhum casamento, inclusive o nosso.
15. As pessoas assinam contratos pré-nupciais.
16. Mary Matalin e James Carville são casados.
17. Os bagels não são mais gostosos como eram antigamente.
18. Todo mundo mente.
19. É importante que um democrata ocupe a Presidência por causa da Suprema Corte.
20. Howard Stern parece muito simpático pessoalmente.
21. Em Manhattan, um pequeno apartamento de um quarto, precisando de obras, custa um milhão de dólares.
22. As pessoas se parecem com seus cachorros.
23. Cary Grant era judeu.
24. Cary Grant não era judeu.
25. Larry King nunca leu um livro na vida.

QUERO DIZER APENAS: OMELETE DE CLARAS

Saiu um novo livro sobre dietas e ele diz, ao que parece, o que eu soube a vida inteira – proteína faz bem, carboidratos fazem mal e a gordura não é uma substância tão perigosa. Já estava mais que na hora! Como minha mãe dizia, manteiga nunca é demais.

Vou dar um exemplo de como fazemos bife lá em casa. Primeiro, temperamos a carne com sal kasher, depois a fritamos numa frigideira muito quente. Quando o bife está pronto, jogamos uma porção enorme de manteiga em cima. E pronto. Aliás, não estou falando de manteiga sem sal. Usamos manteiga com sal.

Eis outra informação desse livro: o colesterol da dieta não tem relação com os números do seu colesterol. Bem, eu também soube disso a vida inteira, daí porque ninguém vai me ver arrependida, no leito de morte, por não ter comido fígado picado em grandes quantidades. Vou explicar: você pode comer todos os tipos de alimentos com alto teor de colesterol (como lagosta, abacate e ovos) e isso NÃO TERÁ NENHUM EFEITO sobre seu colesterol sanguíneo. NE-

NHUM EFEITO, ENTENDEU? Sinto ter que recorrer a letras maiúsculas, mas não quero que ninguém deixe de me entender, está bem?

O que me traz ao foco desse artigo: o omelete de claras. Tenho amigos que comem omeletes de claras. Toda vez que sou obrigada a vê-los comendo omeletes de claras, sinto-me triste por eles. Em primeiro lugar, porque tais omeletes não têm gosto de nada. Em segundo lugar, as pessoas que os ingerem pensam que agem virtuosamente, mas não é verdade: são apenas mal informadas. Às vezes, tento explicar a falta de sentido daquilo, porém elas não prestam atenção ao que digo, porque os médicos lhes disseram para evitar o colesterol na dieta. Segundo o *The New York Times*, os médicos não dão informações erradas deliberadamente; eles próprios são vítimas do que se chama de cascata de informação, termo que designa algo que se torna verdade à custa de sua repetição (por que não se chama, eu me pergunto, cascata de desinformação?) Bem, as verdadeiras vítimas da desinformação não são os médicos, mas as pessoas submetidas à lavagem cerebral para chegar a crer que omeletes de claras são ótimos para a saúde.

Este é o meu momento, portanto, de proclamar o que guardo no peito há anos: chegou a hora de pôr fim ao omelete de claras. Não quero misturar essa necessidade com algum assunto de fato importante, como a guerra no Afeganistão. Também está na hora de pôr fim à guerra. Contudo, não sou capaz de interferir na guerra, ao passo que tenho chances de reduzir o consumo de omeletes de claras, especialmente com a minha autoconfiança no ápice por causa desse novo livro.

Não se fazem omeletes sem gemas. Omeletes requerem gemas adicionais. Um omelete realmente fantástico leva dois ovos inteiros e uma gema extra; por falar nisso, é a mesma coisa com ovos mexidos. Quanto à salada de ovos, eis a receita: ferva dezoito ovos, descasque-os e envie seis claras aos amigos da Califórnia que insistem em apostar na relevância delas. Pique em pedaços grandes, com uma faquinha, os restantes doze ovos e as seis gemas, adicione maionese Hellmann's, sal e pimenta a gosto.

QUERO DIZER APENAS: TEFLON

Tenho sentimentos negativos sobre o Teflon.

Foi ótimo enquanto durou.

Agora, faz mal à saúde.

Ou, para ser mais precisa, está provado que uma substância química liberada quando se aquece o Teflon penetra na corrente sanguínea e provavelmente causa câncer e defeitos congênitos.

Eu adorava o Teflon. Adorava a panqueca de ricota, sem carboidratos, que inventei no ano passado e que só pode ser preparada numa frigideira com Teflon. Adorava minha frigideira Silverstone, revestida de Teflon, que permite fazer um belíssimo bife. Adorava Teflon como adjetivo; a palavra nos deu um presidente Teflon (Ronald Reagan) e até mesmo um chefão mafioso Teflon (John Gotti), cuja capacidade de manter-se incólume foi tão usada que finalmente desapareceu, transformando-o numa cópia quase perfeita e metafórica das minhas panelas Teflon. Eu adorava que o inventor do Teflon tivesse sido um homem chamado Roy

J. Plunkett, nome cujo mero som devia ter garantido que o produto jamais se tornaria perigoso.

Recentemente, porém, a Dupont, fabricante da resina politetrafluoroetileno (PTFE), nome que o Teflon tinha quando foi descoberto acidentalmente em laboratório, em 1938, chegou a um acordo de 16,5 milhões de dólares com a Agência de Proteção Ambiental; parece que a empresa sempre soube que o Teflon fazia mal à saúde. A essa altura, já virou um clichê americano: empresa com ações na Bolsa detém a patente de uma descoberta científica, esta acaba provocando problemas médicos, e a empresa sempre soube. Você pode apostar que acontece.

Mas é triste que tenha acontecido com o Teflon.

Quando surgiu no mercado, o Teflon não era de boa qualidade. As frigideiras, leves e com atributos limitados, não se comparavam às de cobre ou ferro. Eram maravilhosas para omeletes e nada grudava nelas obviamente, mas nem de longe se comparavam às concorrentes quando se tratava de cozinhar alimentos como bifes, que precisavam ser dourados. Mas depois fabricantes como Silverstone produziram frigideiras Teflon mais pesadas e se tornou possível fritar um bife tão bem passado e delicioso como se tivesse saído da churrasqueira. Infelizmente, para isso era preciso aquecer a frigideira em fogo bem alto antes de jogar o bife, justamente a forma como o ácido perfluoroctanoico (PFOA) é liberado no meio ambiente. O PFOA é o bandido da história e a Dupont prometeu eliminá-lo de todos os produtos Teflon até 2015. Estou certa de que isso será um alívio para os menores de 40 anos; para mim, contudo, significa apenas que meus últimos anos neste planeta serão gastos, ao menos em parte, raspando restos de comida grudados nas frigideiras sem Teflon.

Ainda que os boatos sobre o Teflon circulem há muito tempo, passei esses anos todos torcendo para que fossem similares aos boatos sobre o alumínio, que foi responsabilizado (por algum tempo, na década de 1990) por causar a doença de Alzheimer. Aquele foi um mau momento, não porque a perspectiva de abandonar as panelas e frigideiras de alumínio fosse terrível, mas porque significaria renunciar também ao papel-alumínio, às assadeiras descartáveis de alumínio e, o que seria mais duro, aos desodorantes antitranspirantes. Embarquei naquele boato e é com prazer que informo que ele desapareceu.

Mas o boato sobre o Teflon é, logicamente, verdadeiro, de modo que suponho que terei de jogar fora as minhas frigideiras.

Por enquanto, vou fazer uma última panqueca de ricota para o café da manhã:

Bata um ovo; adicione um terço de xícara de ricota fresca e bata novamente. Aqueça uma frigideira revestida de Teflon até que o gás carcinogênico seja liberado no ar. Deite a mistura na frigideira com uma colher e cozinhe um dos lados até dourar (cerca de dois minutos). Vire com cuidado. Cozinhe mais um minuto até dourar do outro lado. Coma com geleia, se você não se importar com os carboidratos, ou sem recheio. Suficiente para uma pessoa.

QUERO DIZER APENAS: NÃO, NÃO QUERO OUTRA GARRAFA DE PELLEGRINO

Gostaríamos de uma garrafa de Pellegrino. O garçom traz a garrafa. Somos quatro à mesa. O garçom traz copos para a Pellegrino. Os copos são espantosamente altos. Copos altos não são necessariamente os melhores para a água mineral Pellegrino, mas, antes que eu possa dizer uma única palavra sobre tema tão denso, o garçom derrama a Pellegrino nos copos altos.

Quando o garçom termina, resta um pouquinho de Pellegrino na garrafa. Meu marido toma um gole do seu copo e o garçom volta correndo, com as últimas gotas da nossa Pellegrino. Ele completa a bebida do meu marido.

A primeira garrafa de Pellegrino já foi consumida. Estamos à mesa há exatos três minutos e demos um jeito de esvaziar uma garrafa inteira de Pellegrino.

– Vocês desejam outra garrafa de Pellegrino? – o garçom pergunta.

Ora, eu ainda não bebi um único gole desta garrafa!

Mas na vida real não digo a frase.

Adoro sal. Adoro, sem sombra de dúvida. Às vezes, almoço ou janto em locais onde (na minha opinião) não é preciso adicionar mais sal à comida, porém isso é raro.

Há muitos anos, costumava-se colocar sal e pimenta na mesa dos restaurantes. Era assim: havia um saleiro e um pimenteiro. O pimenteiro continha pimenta do reino, que foi retirada do mercado na década de 1960 e substituída pelo Permanent Floating Pepper Mill e o refrão do Permanent Floating Pepper Mill: "Você gostaria de pimenta em grão moída na hora na sua salada?" Observei que quase ninguém quer pimenta moída na hora na salada. É um mistério, para mim, o motivo de continuarem a fazer a pergunta.

Mas eu não estava falando de pimenta, estava falando de sal. E, como eu ia dizendo, sempre havia um saleiro na mesa. Agora, em metade dos casos, saleiros inexistem. A razão é que o *chef* está tentando provar à força que a comida já foi temperada da melhor maneira e, por conseguinte, não necessita de mais sal. O que eu refuto com veemência. Refuto que pedir o saleiro seja uma agressão ao *chef*; acho que é o contrário. Na outra metade dos casos – quando *existe* sal na mesa –, não posso considerar que aquilo seja sal. É o que se chama hoje de sal marinho (antes conhecido como sal kasher, denominação que deixou de ser elegante). Como o sal marinho vem à mesa num pratinho minúsculo, a gente o derrama ao tentar transferi-lo do pratinho para a comida no prato. Mas isso é o de menos: o transtorno é que ele não atua como sal. Não se dissolve nem salga a comida; em vez disso, se acumula no topo do prato como se fosse um monte de pedrinhas. E ainda arranha a língua.

"Está tudo bem?"

Os pratos principais foram servidos e o garçom acaba de fazer a pergunta. Dei apenas a primeira garfada, e isso basta para me fazer lembrar que, como sempre, o prato principal é sempre uma decepção. Estou começando a conjecturar se isso é uma metáfora e, se for o caso, se vale a pena insistir nisso. Agora o garçom aparece, com o moedor de pimenta numa das mãos e a garrafa de Pellegrino na outra, interrompendo uma ótima história que ia chegando ao clímax para perguntar se está tudo bem.

A resposta é que não, não está tudo bem.

Na verdade, a resposta seria: "Não, não está tudo bem! Você estragou o final da história! Vá embora!"

Eu não digo isso.

Pedimos sobremesa. Agora estão nos entregando as colheres de sobremesa, grandes e ovais. Elas são tão grandes que se poderia mergulhar nelas. Sou uma daquelas pessoas que gostam de culpar os franceses por tudo, especialmente depois que os franceses provaram estar absolutamente certos a respeito do Iraque, mas não há dúvida de que essa mania começou na França, onde sempre tiveram um fraco por colheres de sobremesa.

Uma das melhores coisas sobre nosso país, na parte que me toca, é que não havíamos caído na armadilha das colheres de sobremesa. Se você precisava de uma colher de sobremesa, entregavam-lhe uma colher de chá. Mas esses dias ficaram no passado. Uma vergonha.

Eis o X da questão – a gente quer que as sobremesas demorem a acabar. Quer degustá-las. Sobremesas são deliciosas. São doces. Quase sempre fazem mal. E, como ocorre com tudo o que faz mal, deseja-se que durem o máximo possível. Mas é impossível fazê-las durar se o garçom lhe entrega uma colher realmente enorme para comê-la. Você engole a sobremesa em duas colheradas grandes. A sobremesa logo desaparece. E a refeição termina.

Por que ninguém entende isso? É tão óbvio.

É tão óbvio.

QUERO DIZER APENAS: O MUNDO NÃO É PLANO

Na semana passada, fui a uma dessas conferências sobre internet para as quais às vezes me convidam, e é claro que Thomas Friedman, colunista do *New York Times*, estava lá. Não em pessoa. Afinal, não era uma conferência tão importante. Ele enviou uma gravação de si mesmo. Pegou toda a tese do seu bestseller *O mundo é plano* e espremeu-a em vinte minutos. Por coincidência, duas noites antes, eu estivera a poucos passos de Friedman, em pessoa, numa mesa de jogo de dados em Las Vegas. Enquanto ele rolava o dado em busca do cinco, eu gritei: "É agora, Tom, chegou a hora de você pagar pelos erros sobre o Iraque." Mas o número foi sete e ele se deu mal.

E agora eis que ele se encontra nessa conferência. O MUNDO É PLANO, informa uma enorme faixa sobre o telão, e um monte de jovens brilhantes, que sabem tudo de internet, assistem a Friedman falar sobre globalização e afirmar que a tecnologia derrubou os muros do mundo. Os jovens, encantados com ele, até conseguem manter-se concentrados e desconectados dos seus celulares durante a apresentação inteira. No final, todos religam de imediato os celulares e o auditório imenso, subitamente iluminado por centenas de caixinhas, soa sob a regência de milhares de dedinhos clicando.

É óbvio que Friedman não é apenas um colunista do jornal mais poderoso do mundo – ele tem outra função. Trata-se de um conferencista. Existe hoje em dia toda uma população de conferencistas, a maioria homens. Eles ganham a vida de distintas formas mas sua verdadeira carreira consiste em aparecer em conferências como essa. Alguns falam da sua própria experiência, enquanto outros são simplesmente jornalistas, mas por um breve momento a conferência os iguala. O conferencista fala para plateias que incluem gente comum, mas sua verdadeira atuação dirige-se a eles mesmos, em locais como o Foursquare Conference, em Nova York, ou o evento de verão para chefes-executivos promovido por Herbert Allen, em Sun Valley. O trabalho do conferencista é colocar em perspectiva, e validar, o que quer que o senso comum esteja exaltando naquele momento.

De fato, essas conferências tendem a corroborar integralmente o que já se sabe, e não é de espantar que, nas duas últimas a que assisti, ninguém tenha feito, aos representantes da Walmart no palco, uma pergunta sequer sobre as dificuldades de relações públicas da empresa devido à divulgação de algumas impertinências, entre elas a maneira de a empresa tratar os empregados. (Em ambas as conferências, entretanto, os homens da Walmart ouviram perguntas entusiasmadas sobre a política da empresa de exigir que os executivos viajem de classe turística e compartilhem quartos em viagens de negócios. Nas duas, os homens da Walmart responderam com entusiasmo. Nas duas, a plateia riu com entusiasmo.)

Bem, o que me interessa é que, em todas essas conferências, alguém profere uma verdade absolutamente incontestável sobre a internet; verdade que mais cedo ou mais tarde prova ser um completo equívoco. Não é fácil errar sobre a internet – a internet engloba praticamente tudo o que existe no universo. De modo que o que quer que se diga sobre ela será parcialmente correto. Não obstante, não é bem assim que as coisas acontecem.

Por exemplo, quando comecei a frequentar o circuito de conferências, era um dado da realidade que a internet libertaria todo mundo; isso se deu na época em que entendíamos a internet como sinônimo de e-mail. O mundo estava apinhado de executivos e conferencistas que afirmavam ser muito mais simples responder a vinte e-mails do que a dez telefonemas. Mas os executivos agora respondem diariamente a centenas de e-mails e a vida deles não se simplificou, de jeito nenhum. Eles respondem a e-mails noite e dia. Não existe o conceito do executivo que volta ao lar e desliga-se dos e-mails. E, ademais, eles mal podem absorver cada informação, pois seus BlackBerrys começam a piscar no minuto em que algo acontece.

Quando o boom das empresas ponto.com começou, um novo senso comum emergiu: as ponto.com nos tornariam ricos. É verdade. Ficamos ricos. E então, de repente, essas empresas faliram. Portanto, não foi uma verdade tão verdadeira.

Isso abriu caminho para outro senso comum: a internet não envolvia dinheiro. O que deu margem a muita confusão. Um acontecimento fantástico e inigualável, de sagacidade inaudita, parecia ter ocorrido na história do capitalismo. Um empreendimento gigantesco surgira, mas ninguém lucraria com ele! Warren Buffett, o rei dos conferencistas, o überconferencista, o segundo homem mais rico dos Estados Unidos, o sábio de Omaha que joga bridge on-line com o homem mais rico dos Estados Unidos, fez então um discurso lembrando a todos os seus acólitos que, entre 1904 e 1908, 240 fábricas de automóveis encontravam-se em atividade; em 1924, dez delas eram responsáveis por 90% da receita do setor. A afirmação foi citada como se tivesse baixado diretamente do Monte Sinai, embora ninguém soubesse direito o que significava. Todo mundo sairia do negócio, ou apenas quase todo mundo? Os caras que haviam começado em garagens ganhariam dinheiro, é lógico – eles já tinham ganho dinheiro. Os caras que haviam inventado a tecnologia e o software ficariam ricos. Mas todos os que chegassem mais tarde estariam predestinados ao fracasso.

Muitas conferências foram feitas sobre esse ponto, com os conferencistas fazendo reflexões interessantes (e intrigantes) acerca do futuro desolador no horizonte. Mas havia um aspecto unânime: a internet não envolvia dinheiro. E a publicidade não era uma solução: a publicidade jamais funcionaria na rede porque os usuários a rejeitariam. A internet era grátis. A internet era democrática. A internet era pura. Anúncios jamais seriam veiculados. E, além disso, no atual mundo digital, os usuários da internet bloqueariam os anúncios por considerá-los inadmissíveis.

Tudo isso me remete à conferência sobre a internet a que compareci na semana passada. Vocês não se surpreenderão se eu contar que ouvi ali uma nova sabedoria convencional: a internet vai gerar bilhões de dólares. De repente, todo mundo compreendeu que havia um bocado de dinheiro de publicidade a ser ganho, e tudo o que se precisava fazer era criar conteúdo para que os anúncios pudessem ser colocados ao lado de alguma coisa. Ocorreu-me que a verdadeira definição de "conteúdo", para uma empresa de internet, é "algo ao lado do qual se pode colocar um anúncio". Foi um insight deprimente, bem sei, e só mesmo a minha convicção de que todas as ideias convencionais sobre a internet acabam se mostrando falsas salvou-me de afundar numa lama desanimadora no tocante a esse tema.

E, a propósito, o universo não é plano. Muros erguem-se por todos os lados. Se não existissem, não teríamos entrado no Iraque, onde todo mundo – e não apenas Tom Friedman – se atolou.

QUERO DIZER APENAS: CANJA DE GALINHA

Há alguns dias, senti que estava prestes a pegar um resfriado. Então decidi tomar canja de galinha para afastá-lo. Apesar disso, peguei um resfriado. Acontece o tempo todo; você pensa que vai pegar um resfriado; toma canja de galinha; mesmo assim, pega um resfriado. É possível, portanto, que canja de galinha transmita resfriado?

PENTIMENTO

Conheci Lillian Hellman em 1973, pouco antes da publicação de seu livro de memórias, *Pentimento*. Eu trabalhava como editora na *Esquire* e publicamos dois trechos do livro, um deles chamado "Tartaruga". Era a respeito de Hellman e Dashiell Hammett. Eu nunca assistira a uma peça dela e lera com dificuldade os livros policiais de Hammett, mas havia lido as provas de "Tartaruga" antes da publicação pela revista e achara o texto a coisa mais romântica jamais escrita. É a história de uma tartaruga cruel e maldosa que Hellman e Hammet matam. Eles cortam fora a cabeça dela e deixam-na na cozinha para virar sopa. Mas a tartaruga arranja um jeito de reviver, sai porta afora e se arrasta para morrer na floresta, o que leva a uma discussão longa, elíptica e feroz entre Hammett e Hellman sobre se o animal é uma espécie de reencarnação anfíbia de Jesus.

Não tenho desculpa para meu fascínio por essa história. Eu não era burra, nem especialmente jovem, dois fatores que poderiam servir de justificativa. Como muita gente que leu *Pentimento*, não pensei que as histórias do livro fossem fictícias nem que o diálogo fosse uma paródia inadvertida do estilo durão de Hammett. Achei o texto maravilhoso. Telefonei imediatamente para a *The New York Times Book Review* e perguntei se podia entrevistar Hellman por ocasião do lançamento de *Pentimento*. Responderam afirmativamente.

Hellman já estava a caminho do seu admirável terceiro ato. Publicara a autobiografia *Uma mulher inacabada*, bestseller com o qual ganhou o National Book Award, e *Pentimento* estava à beira de ser um bestseller ainda maior. Ela aparecia em programas de entrevistas, encantando os anfitriões ao lançar-lhes baforadas de seus cigarros. Com os dois livros de sucesso, havia afastado a memória do fracasso de suas últimas peças. Depois de algum tempo, a história mais famosa de *Pentimento*, "Julia", virou filme, com Jane Fonda como Lillian Hellman, Jason Robards como Hammett e Vanessa Redgrave como Julia, a corajosa espiã antinazista para quem Hellman afirmava ter contrabandeado 50 mil dólares para a Alemanha, em 1939, num chapéu forrado de pele. O final da vida de Hellman foi um desastre completo, porém isso viria mais tarde. Escrevi uma peça a respeito, porém isso viria mais tarde ainda.

Lillian tinha 68 anos quando a conheci e parecia – por qualquer padrão, mesmo o da época – no mínimo dez anos mais velha. Ela nunca fora uma beldade, mas já fora jovem; porém se tornara uma mulher enrugada e quase cega. Tinha uma voz abafada. Usava piteira e carregava um daqueles cinzeiros que parecem um saquinho de feijão, com um recipiente de metal no meio para enfiar as cinzas. Como enxergava muito pouco, cada minuto em sua companhia gerava um suspense no interlocutor: a cinza perigosamente longa do cigarro chegaria ao cinzeiro sem aterrissar no seu colo e sem incendiá-la?

Mas ela era, de maneira inesperada – e vocês têm que acreditar em mim –, extremamente atraente: vibrante, sedutora e calorosa.

Fui vê-la em sua casa de Martha's Vineyard, numa praia rochosa perto de Chilmark. A entrevista é vergonhosa. Não fiz uma única pergunta difícil e, para ser sincera, eu não tinha preparado nenhuma. Fiquei desatinada. Estava diante da mulher que havia dito à Comissão de Atividades Anti-Americanas da Câmara dos Deputados: "Não posso moldar minha consciência aos padrões vigentes este ano." Ela havia se apaixonado pelo mais durão dos homens, que também a amara apaixonadamente, ainda que tivesse estado bêbado a maior parte do tempo deles juntos. E agora eu descobria que ela praticamente tinha detido Hitler.

Na tarde seguinte à nossa primeira entrevista, desci caminhando até a praia de Lillian. Estava lá havia apenas alguns minutos quando um homem surgiu na minha frente. Eu não tinha ideia de onde ele viera. Era mais velho, cabelos grisalhos, gorducho. Perguntou se eu estava hospedada com Lillian. Fiquei logo nervosa. Dei uma desculpa e voltei o mais depressa que pude até a casa, caminhando sobre as pedras. Lillian, vestida com um pareô, estava sentada na varanda.

– Que tal a praia? – perguntou ela.

– Ótima – eu disse.

– Havia mais alguém lá?

– Um homem.

– Mais velho? – perguntou. – Gordo?

– Sim.

– Já sei – disse ela.

Levantou-se e saiu voando até a praia.

Voltou minutos mais tarde. O intruso havia desaparecido. Ela estava irada. Aparentemente, vivia em guerra permanente com o tal homem. Que droga, tinha avisado a ele para ficar bem longe da sua praia. Que droga, tinha avisado a ele para desistir de puxar conversa com os seus amigos. E lhe diria isso de novo, caso ele ousasse se aproximar e ela o pegasse bisbilhotando. Ficou furiosa porque ele desapareceu antes que pudesse expulsá-lo. Não acreditei nos meus próprios olhos. Ela estava louca para arranjar uma briga. Adorava confrontos. Dramaturga, precisava de um drama. Eu, jornalista, apreciava observar. Fiquei atônita.

Depois que minha péssima entrevista com ela foi publicada no *New York Times*, Lillian e eu ficamos amigas. É provável que "amigas" não seja a palavra correta – me tornei uma das pessoas jovens que faziam parte da sua vida. Ela me escrevia cartas o tempo todo, cartas engraçadas, em geral datilografadas, e assinava Miss Hellman. Enviava-me receitas. Vinha ao meu apartamento e eu ia ao dela. Era difícil imaginar que Lillian tivesse sido comunista. Esse é um fato que tenho de contar. Eu conhecera, na adolescência, um monte de gente de esquerda em Hollywod, gente que vivia bem, mas, no apartamento de Lillian, no número 630 da Park Avenue, não havia um traço sequer da Velha Esquerda – nada de arte mexicana, por exemplo, ou quadros realista-socialistas de Ben Shahn; o apartamento era mobiliado num estilo que ficava entre o tradicional branco-anglo-saxão-protestante e o judaico alemão – sofás de brocado, mesinhas de madeira escura, quadros a óleo com paisagens marinhas, tapetes persas.

Ela recebia para pequenos jantares para seis ou oito pessoas e sempre tinha relatos exagerados, se vistos em retrospectiva, mas hilariantes no momento em que eram contados. Num domingo, ela tivera uma desavença com uma vendedora da seção de peles da Bergdorf Goodman. Ou Jason Epstein tinha incendiado a cozinha dela ao fazer comida chinesa. Lillian era engraçada. Era muito, muito, muitíssimo engraçada. Com sua gargalhada profunda, sempre dispunha de um bom assunto para animar a conversa. "Meu tio-avô morreu", contou uma noite à mesa, "e o advogado telefonou para dizer que ele tinha me deixado uma boa soma de dinheiro. Quanto vocês acham que é uma boa soma de dinheiro?" Uma conversa divertida! Maravilhosamente divertida! Finalmente concordamos, depois de muita discussão, que 675 mil dólares seriam uma boa soma de dinheiro. Ela disse que tínhamos praticamente acertado. Era verdade? Alguma parte da história era verdade? Quem pode saber? Ouvi, embasbacada, quando ela me contou que Hammet fugira uma vez com a mulher de S. J. Perelman;

que ficara arrasada quando Peter Feibleman (para quem ela deixou de herança a casa em Vineyard) tentou namorar uma de suas amigas; e que ela uma vez vira uma jovem que poderia ser a filha de Julia. Esse último episódio ocorrera numa colina, se bem me lembro. Lillian e Dashiell Hammet estavam de pé na colina quando uma jovem se aproximou, tocou seu braço e fugiu. "Aquilo me intriga desde então", disse, "porque ela se parecia demais com Julia."

Eis uma carta que ela me escreveu, falando de mim, de delicatéssens e de meu pai, Henry Ephron:

Estou na delicatéssen P. J. Bernstein, aonde venho uma vez por mês. Senhoras de meia-idade que precisam ganhar seu sustento sempre me comovem, e várias delas, sendo garçonetes e judias, se aproveitam dessa empatia silenciosa. Uma delas sabe que faço alguma coisa importante, mas não sabe exatamente o que é; isso não a impede de me beijar quando peço meu salsichão.

Há alguns dias, quando os beijos terminaram, ela disse: "Você conhece Henry Aarons?" "Não", respondi. "Não conheço." Ela me cutucou com aquela cotovelada judaica capaz de deslocar um ombro. "É claro que você conhece, pelo menos conhece a filha dele", continuou. "Talvez", eu disse, sentindo a presença do ombro. Ao voltar com o salsichão, ela disse: "A filha dele é mesmo uma boa escritora, hein?" Com o ombro já recuperado, respondi que não sabia. Ela disse: "Que conversa é essa? A senhora não reconhece uma escritora boa quando ouve uma escritora boa?" "Onde mora esse senhor Aarons?" – perguntei, esperando levar as coisas a bom termo. "E eu por acaso vou à casa dele? Ele é que vem aqui", ela respondeu. Bem, nos vinte minutos seguintes, e eu já estava com indigestão, descobri que ela se referia ao seu pai, que, por coincidência, me telefonou duas horas depois para me contar que tinha visto o filme Julia.

Não sei por que conto isso a você, mas, em algum ponto, é claro, estou querendo fazer você se sentir culpada.

Uma carta deliciosa, não é? Tenho uma pilha de cartas dela. Ao consultá-las, tudo volta à minha mente – como fiquei apaixonada por suas primeiras cartas, como Lillian me fascinou, como me senti lisonjeada, como as cartas começaram a me parecer menos fascinantes, como ficaram enfadonhas e, finalmente, como se tornaram uma total chatice.

A história do amor.

Uma coisa que Lillian gostava de fazer: B. O. A maioria das pessoas não sabe o que é B. O., mas minha mãe – não sei com qual intenção – nos ensinou a expressão.

B. O. corresponde às iniciais de Baba Ovo, e é assim que funciona: você telefona para um/a amigo/a e diz que quer lhe passar um B. O. Isso significa que ouviu um elogio sobre ele/ela – e vai repeti-lo, desde que ele/ela primeiro lhe transmita um elogio que uma terceira pessoa tenha dito a seu respeito. Em outras palavras, você só transmite um elogio depois de ouvir o seu.

Nem preciso dizer que essa é uma forma estranha, perversa e altamente narcisista de contar a um interlocutor algo gentil falado a seu respeito.

"Miss Ephron", ela dizia ao telefone, "aqui é Miss Hellman. Tenho um B. O. para você."

Nas primeiras vezes, adorei o jogo – o ar estava repleto de coisas simpáticas sendo ditas a respeito de Lillian. Ela foi escolhida mulher do ano. Com o passar do tempo, os telefonemas se transformaram em pesadelo. Tudo começava a complicar-se com ela. Ela tinha escrito outro livro, *A caça às bruxas*, obra autocongratulatória sobre sua decisão de não testemunhar diante da Comissão de Atividades Anti-Americanas, à qual se seguiu a determinação, um bocado problemática, de posar para um anúncio de pele de marta da Blackglama. As pessoas ainda falavam dela, mas não de forma elogiosa, e eu não podia transmitir o que se dizia para, por minha vez, ouvir as devidas congratulações. Aliás, eu nem ouvia mais falar dela – fui morar em Washington, e a mais absoluta verdade é que ali as pessoas não falam sobre ninguém que não more em Washington.

Do outro lado da linha, porém, lá estava ela, aguardando uma frase positiva a seu respeito, para depois transmitir meu B. O. Meu cérebro disparava desesperadamente em busca de alguma coisa positiva, qualquer coisa, para dizer. Eu tinha que tomar cuidado, pois não queria ser apanhada numa mentira. E, caso a história fosse fictícia, eu ainda precisava inventar uma citação feita por um homem, porque Lillian, apesar de muito afável comigo, não dava a menor importância para eventuais elogios feitos por mulheres. E eu não podia dizer: "Estou em Washington, aqui ninguém fala de você." Então, acabava inventando algo, em geral relacionado com o fato de que meu marido a adorava (o que era verdade). No entanto, isso nunca a satisfazia. Pois o que Lillian queria ouvir, de fato, era um autêntico B. O. Queria ouvir, digamos, que eu acabara de passar uma noite com Robert Redford (o que menciono só como exemplo de um episódio imaginário) e ele tinha confessado que desejava ardentemente dormir com ela.

Quando meu casamento terminou e voltei para Nova York, Lillian ficou chocada. Ela não conseguia entender por que eu o abandonara. Telefonou e pediu que eu reconsiderasse. Disse que eu devia perdoá-lo.

Nem meu marido nem eu tínhamos o mais remoto interesse em voltar a viver juntos, mas Lillian era insistente e continuou a me pressionar. Você não pode perdoar-lhe? Aproveitei a ocasião para cair fora da vida dela.

Disse a mim mesma que não poderia manter a nossa amizade por causa da reação de Lillian ao divórcio.

Então, cerca de um ano mais tarde, uma mulher chamada Muriel Gardiner escreveu um livro sobre sua vida como espiã antes da Segunda Guerra Mundial, e ficou claro que Lillian roubara a história dela. Julia não existia e Lillian jamais salvara a Europa com seu chapeuzinho de pele.

Eu disse a mim mesma que não poderia manter a nossa amizade porque Lillian era uma mentirosa patológica.

Então Lillian processou Mary McCarthy por chamá-la de mentirosa.

E eu disse a mim mesma que não poderia manter a nossa amizade porque jamais seria capaz de respeitar alguém que tinha se voltado contra a Primeira Emenda.

Foi isso o que fiz. Eu realmente disse tudo isso a mim mesma.

Mas, verdade seja dita, qualquer desculpa é válida quando essa espécie de romance chega ao fim. Detalhes são meros detalhes. E a história é sempre a mesma: mulher mais jovem idolatra mulher mais velha; ela a assedia; mulher mais velha a acolhe; mulher mais jovem descobre que mulher mais velha é tão somente um ser humano; ponto final da história.

Se a mulher mais jovem é escritora, um dia escreverá algo sobre a mais velha.

E anos transcorrem.

E ela própria envelhece.

E há momentos em que gostaria de pedir desculpas – ao menos por causa da maneira como a amizade terminou.

E agora pode ser um desses momentos.

MINHA VIDA COMO BOLO DE CARNE

Há algum tempo, meu amigo Graydon Carter comentou que ia abrir um restaurante em Nova York. Eu me opus, devido à minha teoria de que ser dono de restaurante é o tipo da fantasia universal da qual todo mundo tem que se livrar um dia, de preferência mais cedo que mais tarde, ou o resultado é que se acaba de pés e mãos atados ao restaurante. Muitos problemas acompanham a propriedade de um restaurante, e a obrigação de comer lá o tempo todo não é o menor deles. Renunciar à fantasia de que se almeja essa posse é, provavelmente, a última fase de Piaget.

Mas Graydon persistiu no seu entusiasmo e o restaurante que abriu no centro se tornou um sucesso colossal. Um ano mais tarde, ele me contou que iria abrir um segundo restaurante, dessa vez *uptown*, no local onde um dia existira o Monkey Bar. Ele esperava que fosse algo como o Ivy, em Londres, um dos meus locais favoritos, e perguntou se eu tinha alguma sugestão para o menu. Enviei-lhe de imediato uma longa lista. No alto dela, bolo de carne. Adoro bolo de carne. Tem gosto de comida caseira.

Poucos meses antes da inauguração do restaurante, fui convidada para uma degustação, que incluía um prato incomum: duas fatias grossas de bolo de carne, que tinham sido ligeiramente refogadas e estavam durinhas do lado de fora. O resultado era uma combinação gostosa entre suave e crocante, evitando-se assim a principal armadilha do bolo de carne, que é a consistência exageradamente macia e pegajosa, responsável por fazer a gente engolir o prato num minuto. Eu não diria que aquele bolo de carne em particular tinha o gosto igual ao do que comíamos lá em casa, mas, de qualquer jeito, era delicioso. Veio coberto por um adorável molho de cogumelos, combinando com o exterior crocante. Eu normalmente me insurgiria contra o molho de cogumelos, porém o bolo de carne parecia pedi-lo com ênfase, e por um bom motivo.

Eu não sabia que o bolo de carne do Monkey Bar teria meu nome, mas quando o restaurante abriu, lá estava ele no menu, Bolo de Carne à Nora. Senti que precisava pedi-lo, por lealdade a mim mesma, e o que provei estava tão delicioso quanto na degustação. Fiquei maravilhada. Além do mais, me senti estranhamente realizada. De alguma forma, senti que eu era a criadora daquele bolo de carne, muito embora não tivesse nada a ver com ele. Eu sempre invejara Nellie Melba pelo prato à base de pêssegos com seu nome, a princesa Margarita por sua pizza e Reuben por seu sanduíche, e agora quase compartilhava algo com eles. Bolo de Carne à Nora. Algo que faria meu nome ser lembrado.

Não era exatamente o que eu tinha pensado nos tempos em que jogávamos um jogo chamado "Se você pudesse ter alguma coisa com seu nome, o que seria?". No passado, eu sonhara em associar meu nome a um passo de dança, ou a calças compridas. Agora que amadurecera, estava disposta a aceitar o bolo de carne.

Por falar nisso, não fui a única pessoa cujo nome entrou no menu do Monkey Bar. Minha amiga Louise teve uma salada batizada em sua homenagem. Era a Salada Pôr do Sol de Louise.

Nas semanas seguintes, recebi cinco ou seis e-mails de amigos cumprimentando-me pelo "meu" bolo de carne.

Eis o que não respondi:

1. Não tive nada a ver com isso.
2. Não é meu verdadeiro bolo de carne.
3. Meu bolo de carne leva um pacote de sopa de cebolas Lipton e esse não leva.

Em vez disso, respondi:

1. Obrigada.
2. Estou muito feliz porque vocês pediram o prato.
3. É *mesmo* gostoso, não é?

Eu me sentia orgulhosa. Meu bolo de carne era um tremendo êxito. Estava no mundo, trabalhando para mim, mesmo quando eu estava de folga: eu só ficava em casa, surfando na rede e perdendo dias inteiros a pensar na mudança de decoração da sala de estar.

Na minha ida seguinte ao Monkey Bar, pedi novamente o bolo de carne. Afinal, se eu mesma não o pedisse, como poderia esperar que outras pessoas o fizessem? Mas algo tinha acontecido ao prato! Em vez das duas fatias de bolo de carne, agora só havia uma, e o molho de cogumelos vinha à parte. Tive uma conversa com o *maître* sobre essa evolução; ele ouviu educadamente e explicou que outro cliente sugerira que o molho viesse à parte, de modo que passara a ser posto à parte. Não pude deixar de refletir que poderiam ter me consultado a respeito dessa mudança. Sugeri gentilmente que um erro muito grave fora cometido. Atribuí-me o posto de rainha dos Pedidos À Parte, mas naquele caso, acrescentei, o bolo de carne implorava para que o molho de cogumelos fosse servido sobre ele. O *maître* prometeu que iria pensar a respeito.

Algumas semanas transcorreram e percebi, de repente, que – assim como os cães que não ladravam no *Cão dos Baskervilles* – eu não recebera mais e-mails congratulatórios ao "meu" bolo de carne. Na ocasião seguinte em que fui ao Monkey Bar, encontrei minha amiga Alessandra. Depois do jantar, ela foi à nossa mesa e disse: "O bolo de carne tem o sabor de cabo de guarda-chuva."

Fiquei atordoada. Sabia que o bolo de carne estava em declínio, mas cabo de guarda-chuva? Pus-me a pensar na nossa amizade. Será que Alessandra não tinha observado meu nome no bolo de carne? E se aquela fosse a minha verdadeira receita de bolo de carne, e não o prato ao qual meu nome fora anexado irrefletidamente, sem que eu fosse sequer consultada? Pareceu-me cruel e insensível da parte dela.

Isso aconteceu num sábado à noite. Na segunda-feira, recebi um e-mail da minha amiga Sandy. Dizia: "Re: Bolo de carne do Monkey Bar. Processe-os."

Então escrevi um e-mail para Graydon, um texto bem longo, dizendo que não pretendia criar caso, mas era obrigada a dizer-lhe que as pessoas estavam falando do bolo de carne, e falando muito mal. Ele respondeu com outro e-mail, informando que o restaurante se antecipara a mim – o *chef* fora demitido e substituído pelo famoso Larry Forgione. Eles estavam insatisfeitos havia semanas. O bolo de carne era apenas um sintoma.

Larry Forgione alterou o menu e a receita do bolo de carne. O prato tornou-se um bolo de carne tradicional, saboroso e úmido, com um verdadeiro gosto de comida caseira, embora nele não entrasse, aparentemente, a sopa de cebolas Lipton. O molho de cogumelos continuou ali, distribuído ao redor do prato, por razões que desconheço, já que aquele bolo de carne em particular prescindia do acompanhamento. Mas este era um remanescente, o equivalente comestível da cauda ancestral.

Fiquei aliviada. Já podia relaxar. Meu bolo de carne fora salvo e eu, liberada para pedir outros pratos do menu do Monkey Bar. Um deles era uma versão perfeita do chili do Chasen's, servido com um *muffin* de milho. Tão divino que decidi me manter fiel a ele por algum tempo. Mais tarde, notei que o bolo de carne fora rebaixado ligeiramente, e passara a ser oferecido como prato especial das noites de terça-feira, mas não me preocupei com ele: estava ocupada demais praticando monogamia com o chili.

Escrevo tudo isso porque ontem fui ao Monkey Bar. Era uma terça-feira. A caminho, pensei em dar uma conferida no meu bolo de carne. Abri o menu e, antes de ler uma única palavra, adivinhei o que veria – ou, na verdade, o que não veria.

Meu bolo de carne tinha sumido.

A Salada do Pôr do Sol de Louise ainda estava no menu regular, mas o Bolo de Carne à Nora tinha sumido.

Extinto. Não havia outro jeito de pensar nele.

Perguntei se alguém o mencionara depois da extinção. Perguntei se alguém tinha reclamado. Perguntei se alguém ao menos notara. Ninguém. Como se ele jamais tivesse existido.

O prato foi substituído, como especial das terças-feiras, por espaguete com almôndegas. Eu pedi o novo prato, esperando descobrir que uma séria injustiça havia sido cometida, porém o espaguete com almôndegas estava excelente. Dei uma discreta sugestão sobre a consistência do queijo parmesão ralado que o acompanha – e minha esperança é que alguém me ouça.

VICIADA EM L-U-V

Há alguns anos, tropecei no jogo Palavras Cruzadas Blitz. Era uma versão em quatro minutos das Palavras Cruzadas para computador, num site chamado Games.com. Ao começar a jogar, não imaginava que no prazo de um dia – e não estou exagerando – aquilo fritaria meu cérebro. Não sou alheia a essa espécie de situação: num verão, quando jovem, fiquei tão viciada em jogo de croquet que tive uma série de sonhos repetidos nos quais eu segurava um bastão e golpeava a cabeça da minha mãe através de uma armação de metal.

A mesma coisa ocorreu com as Palavras Cruzadas Blitz, ainda que minha mãe, morta havia muitos anos, tenha ficado de fora dessa vez. Comecei a sonhar com as Palavras Cruzadas, sonhos nos quais as pessoas se transformavam em tijolinhos de letras que dançavam loucamente. Eu me desligava e deixava de prestar atenção nas conversas para me fixar no número de letras do nome do interlocutor, cuja fala nem escutava. Adormecia memorizando palavras de duas e três letras que separam os fissurados dos não fissurados no jogo de Palavras Cruzadas. (Por exemplo, enquanto a gente se distraía com outras coisas, as palavras seguintes passaram a existir no dicionário das Palavras Cruzadas: "qi", "za" e "ka". Não me pergunte o que significam, mas suponho que sejam, de acordo com a tradição nesse tipo de coisa, moedas indonésias. "Luv" também é uma palavra, aliás, como "suq".)

Vocês recordam o anúncio "*Este é seu cérebro. Este é seu cérebro com drogas*"? Eu era assim. Sentia o meu cérebro virando manteiga. Eu me tornava, claramente, cada vez mais dispersiva, mais distraída, mais fora de foco: exibia todos os sintomas de DDA (distúrbio do déficit de atenção) e parecia um garotão adolescente. Logo virei uma especialista nas alterações permanentes que a internet pode produzir no cérebro, e divulguei minhas opiniões sobre o tema em todos os lugares possíveis e imagináveis; mas, se bem me lembro, ninguém demonstrou especial interesse.

O site das Palavras Cruzadas Blitz era frequentado por outros fissurados, que lidavam com sua dependência comentando-a na sala de bate-papo do site durante o intervalo de dois minutos entre os jogos – aliás, um intervalo perfeito para desligar o computador e parar de jogar Palavras Cruzadas Blitz, o que ninguém fazia porque o vício era absoluto, e, além do mais, a gente iria jogar só mais uma partidazinha, ou talvez duas. Os comentários consistiam de frases do tipo "*Sou viciado, rs, rs*" e "*Não consigo parar de jogar isso, ha, ha*". Meu desprezo por esses comentários me levavam a pensar em mim mesma como uma pessoa diferente das que escreviam, porém a verdade é outra – eu era exatamente igual, com exceção dos *rs, rs* e *ha, ha*, aos quais admito ter recorrido só ocasionalmente, embora não numa sala de bate-papo e, espero, com uma pegada quase sempre (mas nem sempre, para ser inteiramente honesta) irônica.

As Palavras Cruzadas Blitz acabaram engolindo o site. As interrupções eram um problema enorme. Às vezes, a área das Palavras Cruzadas Blitz fechava por dias seguidos; quando voltava ao ar, voltavam também todos os dependentes, repletos de comentários sobre como a vida sem o jogo tinha sido quase insuportável. Comecei a sofrer de síndrome do túnel do carpo ao jogar – e não estou de gozação. Compreendi que precisava me livrar do hábito. Prometi a mim mesma que o faria. Depois de mais um joguinho. Depois de mais um dia. Depois de mais uma semana. Até que um belo dia, de repente, do nada, fui salva por aquilo que as companhias de seguro chamam de ato de Deus: a Games.com fechou para sempre as Palavras Cruzadas Blitz. E assim foi. O jogo desapareceu.

Voltei às Palavras Cruzadas on-line, uma versão suave e soporífera do jogo. Restringi-me a duas partidas por dia, nada além disso. Passei vários anos perambulando de um site de Palavras Cruzadas a outro – existem vários deles – e encontrei recentemente um lugar chamado Scrabulous.com. Venho jogando nesse site há pouco mais de cinquenta dias – sei disso porque recebi recentemente um e-mail de congratulações da "Equipe Scrabulous" por ocasião da minha centésima partida. Ao receber o e-mail, minha ficha caiu: até mesmo duas partidas por dia são muitas. O que não me impedia de jogar, pois o hábito estava sob controle.

Esta semana, contudo, sofri um revés importante. Entrei no site do Scrabulous para jogar as duas partidas habituais e, para minha surpresa, já na página de entrada aparecia a oportunidade de jogar as Palavras Cruzadas Blitz. Elas só não tinham esse nome. Passaram a se chamar Blitz Palavras Cruzadas. O jogo estava de volta. Funcionava perfeitamente. E não só ele estava de volta, também tinham voltado todas as pessoas com as quais eu costumava jogar, e todas fazendo as mesmas piadinhas sem graça sobre seu vício, com as mesmas frases seguidas por rs, rs ou ha, ha ou um ocasional ☺. Decidi jogar apenas uma partida, ou talvez duas partidas. Uma hora depois, eu ainda estava lá. Meu coração disparara. Meu cérebro se dissolvia mais uma vez. Eu estava fisgada.

Já faz cinco dias – cinco dias nos quais venho jogando Blitz Palavras Cruzadas ou pensando em jogar Blitz Palavras Cruzadas. Cinco dias com tijolinhos dançando no meu cérebro quando vou dormir. Cinco dias me transformando de novo num adolescente. É óbvio que só existe uma solução: apertar o botão Controle dos Pais do meu computador – com certeza existe um botão desses – e colocar o Scrabulous.com na lista Acesso Proibido, ou qualquer que seja o nome da lista.

Bem, adeus. Estou me despedindo. Está na hora de me despedir.

Mas primeiro vou jogar minha última partida de Blitz Palavras Cruzadas. Admito que pode ser a penúltima. Ou a antepenúltima. ☺

OS SEIS ESTÁGIOS DO E-MAIL

ESTÁGIO UM: PAIXÃO

Recebi e-mail! Não acredito! Que coisa incrível! Estou à sua disposição. Escreva-me. Quem disse que escrever cartas era uma atividade extinta? Estavam todos errados. Estou escrevendo cartas como louca pela primeira vez em muitos anos. Chego em casa, ignoro todos os meus entes queridos e vou direto para o computador a fim de entrar em contato com desconhecidos completos. E como é incrível a AOL? É tão fácil. Tão amigável. É uma comunidade. Obaaaaaa!!! Recebi e-mail!

ESTÁGIO DOIS: DEPURAÇÃO

OK. Estou começando a entender – e-mail não é a mesma coisa que carta, de jeito nenhum, é inteiramente diferente. Alguém acaba de inventá-lo, ele mal nasceu e, da noite para o dia, já exibe um formato, uma série de regras e uma linguagem que lhe são exclusivos. Nunca antes desde a impressora. Nunca antes desde a televisão. É revolucionário. Opera mudanças na vida. É como taquigrafia. Direto ao ponto. Economiza tanto tempo. A gente leva cinco segundos para fazer num e-mail algo que demoraria cinco minutos no telefone. O telefone exige que você mantenha uma conversa, diga coisas como Alô e Até logo, finja algum grau de interesse pela pessoa do outro lado da linha. Pior, o telefone ocasionalmente força você a marcar encontros reais com as pessoas, sugerindo um almoço ou um jantar, por exemplo, mesmo que não tenha a menor vontade de vê-las. Não há risco nenhum de que isso ocorra com o e-mail. O e-mail é uma forma inteiramente nova de manter relações de amizade: íntimos mas não muito, conversadores mas não muito, comunicativos mas não muito, em resumo, amigos mas não muito. Um avanço. Como conseguimos viver sem ele um dia? Eu teria mais a declarar sobre esse assunto, mas preciso responder a uma mensagem instantânea de alguém que conheço, ou quase conheço.

ESTÁGIO TRÊS: CONFUSÃO

Nada fiz para merecer qualquer um desses: Viagra!!!!! Best Web para Vioxx. Passe uma semana em Cancun. Tenha um gramado belo e pujante. Astrid gostaria de ser adicionada aos seus amigos. XXXXXXX Vídeos. Adicione 8 centímetros ao seu pênis. O Comitê Nacional Democrata precisa de você. Alerta de vírus. FW: Esse vai fazer você rir. FW: Esse é engraçado. FW: Esse é hilário. FW: Uvas e passas são venenosas para cachorros. FW: O Adeus Final de Gabriel García Marquez. FW: O Discurso Inaugural de Kurt Vonnegut. FW: A receita do Biscoito de Chocolate Chip da loja Neiman Marcus. Membro da AOL: Sua opinião é importante para nós. Mensagem de Barack Obama. Aproveite o preço baixo das nossas hipotecas, Nora. Nora, é a sua vez de brilhar. Necessita pôr suas contas em dia, Nora? Yvette gostaria de ser adicionada aos seus amigos. Sua conexão à AOL não pôde ser completada.

ESTÁGIO QUATRO: DESÂNIMO

Socorro! Estou me afogando. Tenho 112 e-mails não respondidos. Sou escritora – imaginem quantos e-mails não respondidos eu teria se tivesse um verdadeiro emprego. Imaginem quanto texto eu escreveria se não tivesse que responder a todos esses e-mails? Meus olhos estão embaçados. Meu pulso dói. Não consigo focar. Toda vez que me preparo para escrever algo, o ícone do e-mail começa a pular para baixo e para cima e sou obrigada a conferir se algo bom ou interessante chegou. Não chegou nada bom nem interessante. Mas poderia chegar, a qualquer momento. E, sim, é verdade – agora posso fazer em segundos, via e-mail, o que antes me tomava muito mais tempo ao telefone, porém a maioria dos meus e-mails vem de gente que não tem meu número de telefone e jamais me telefonaria. No breve período que levei para escrever este parágrafo, mais três e-mails chegaram. Agora tenho 115 e-mails não respondidos. Anotem isso: 116. Glub glub glub glub glub.

ESTÁGIO CINCO: ACOMODAÇÃO

Sim. Não. Não posso. De jeito nenhum. Talvez. Em dúvida. Desculpe. Peço desculpas. Obrigada. Não, obrigada. Fora da cidade. Viajei. Volte a me procurar em um mês. Volte a me procurar no outono. Volte a me procurar em um ano.

NoraE@aol.com pode ser encontrada agora em NoraE 81082@gmail.com

ESTÁGIO SEIS: MORTE

Pode me telefonar.

FIASCOS

Tive um monte de fiascos.

Tive filmes que foram fiascos completos.

Quando digo fiascos completos, quero dizer que receberam péssimas críticas e não tiveram lucro.

Também tive êxitos.

Êxitos são ótimos. Nada se compara a um êxito.

Mas um fiasco é horrível. Doloroso e humilhante. Solitário e triste.

Alguns dos meus fiascos mais tarde se tornaram êxitos *cult*, que é a última (e final) esperança para um fiasco, mas a maioria manteve-se na mesma categoria: fiascos.

Os fiascos ficam grudados à gente de uma forma que os êxitos não conseguem. Eles nos torturam. A gente se vira de um lado para o outro. Retoma. Recorta. Reescreve. Reencena. Revê de alto a baixo todos os "e se..." e "se eu apenas tivesse..." Procura o culpado.

Uma das maiores vantagens de dirigir filmes – em oposição a apenas escrever os roteiros – é que não há confusão sobre a culpa: a culpa é sua. Mas antes de me tornar diretora, quando era apenas a roteirista, eu podia jogar a culpa para todos os lados. Um filme que escrevi há anos não deu certo. Na minha opinião. Você talvez tenha assistido. Talvez até tenha gostado. Mas foi um fiasco quando estreou; recebeu uma única crítica favorável nos Estados Unidos e então afundou como uma pedra.

Durante anos, tentei descobrir onde errara e o que deveria ter feito. O que deveria ter dito ao diretor? O que deveria ter feito a fim de defender o texto original do argumento, o melhor esboço, o roteiro com a voz em off? O que poderia ter feito para impedir que o diretor inserisse a sequência do parque de diversões, ou cortasse os flashbacks, que eram realmente cômicos? Ou não eram?

Passei anos pensando nisso tudo. Então, um belo dia, almocei com o editor do tal filme. Estava prestes a dirigir meu primeiro longa metragem e buscava conselhos. Num determinado momento, chegamos ao fiasco. Ele deve ter levantado o assunto, pois eu nunca o faria. Esse é outro aspecto dos fracassos: a gente jamais fala deles depois que acontecem, pois são dolorosos demais. Mas ele me assegurou que nada poderia ter sido feito; o problema, afirmou, era o elenco. O que me acalmou por algum tempo. Ao menos, era uma solução para a charada em que se tornara o fracasso do filme – o elenco tinha sido mal escolhido. Com certeza. Não era minha culpa, portanto. Que alívio!

Consolei-me com essa teoria durante bastante tempo. Até que, recentemente, vi o filme de novo e compreendi por que ele não tinha sido bem-sucedido. Não havia nada de errado com o elenco; o problema era o argumento. O argumento não tinha qualidades suficientes, não era cômico o suficiente, não era inteligente o suficiente. Ou seja, no final das contas, eu era a culpada.

Aliás, uma das coisas que a gente espera quando o filme não obtém boas críticas é que algum crítico importante o acolha mais tarde e ataque todos aqueles que não gostaram dele na estreia. Menciono isso por dois motivos: primeiro, para que vocês entendam como as pessoas ficam realmente patéticas depois de um fiasco; e, segundo, porque isso – espantosamente – aconteceu de fato com um filme que escrevi, *A difícil arte de amar*. O filme foi um fiasco na estreia. Um ano mais tarde, Vincent Canby, o eminente crítico cinematográfico do *The New York Times*, assistiu a ele pela primeira vez e escreveu um artigo qualificando-o de pequena obra-prima. Não foram as palavras exatas que ele usou, mas chegaram perto. Ele alegou ter ficado perplexo com o fato de outros críticos não terem percebido as qualidades do filme. Mas foi para mim um consolo atrasado, porque não pude deixar de conjeturar se as coisas teriam sido diferentes caso Canby tivesse criticado o filme logo no início. Não estou sugerindo que a bilheteria teria sido melhor, mas o fato é que uma boa crítica no NYT amortece comentários negativos.

Um dos aspectos mais tristes de um fiasco é que, mesmo que ele venha a fazer uma boa carreira posterior, ou mesmo que seja parcialmente redimido, persistem a ferida e a mágoa da experiência original. E, o que é ainda pior, a gente acaba concordando com o público, aquele mesmo público que, para começo de conversa, não gostou muito da obra. A gente concorda, embora isso signifique abandonar o próprio filho.

As pessoas que não são do meio sempre se perguntam se a gente sabia que seria um fiasco. Dizem coisas como “Eles não sabiam?” ou “Como é que não sabiam?” Minha experiência diz que não se sabe. Não se sabe devido ao próprio envolvimento. Você adora o elenco. Adora a equipe técnica. Duzentas ou trezentas pessoas entraram com você numa selva desconhecida; comprometeram seis meses ou um ano de suas vidas com um empreendimento no qual você os levou a acreditar. A festa é sua, você é o anfitrião. Brigou muito para incrementar o bufê. Mandou vir de avião creme de leite congelado de Wisconsin. E todo mundo está se divertindo horrores.

Hoje, sei que existe um problema quando se roda um filme no qual a equipe vive rindo histericamente e o cara do som lhe diz o tempo todo que você está fazendo o filme mais engraçado da história.

Na primeira vez em que isso ocorreu, eu não sabia. A equipe adorava o filme. Todos estavam satisfeitos. Os operadores de câmera entupiam a boca com lenços de papel para não cair na gargalhada. Depois editamos o filme e fizemos testes de audiência, que foram negativos. Deixem-me ser mais explícita: os testes tiveram resultados parecidos aos de muitas comédias, isto é, o público ria das piadas e, apesar disso, não gostava do filme. Esse é o momento em que se deve reconhecer que o fiasco está à espreita, mas a gente não reconhece. A gente pensa que pode corrigir os erros. Afinal, eles riram. Isso deve ter algum significado. Muitos relatos apontam filmes que foram corrigidos depois de testes negativos. Há evidências anedóticas. Corrigiram *Atração fatal*. Não que o filme em questão se pareça, sequer remotamente, com *Atração fatal*. Mas isso dá esperanças.

Então a gente corta novamente. E filma novamente.

E os testes de audiência continuam negativos.

A essa altura, já se tem certeza de que o filme é um fiasco. Só um idiota não saberia.

Mas a gente não sabe. Porque tem esperança. Esperança de que tudo se modifique. Espera-se que os críticos gostem do filme. Talvez isso ajude. Espera-se que o estúdio faça um trailer que explicará o filme ao público. Você passa horas ao telefone com o pessoal do marketing. Preocupa-se em conferir valores. Finge para si mesma que os testes de audiência não têm importância – embora eles tenham importância, sim, e muita, sobretudo quando você faz um filme comercial.

E aí o filme estreia e pronto. As críticas são negativas e ninguém vai assistir a ele. É possível que você nunca mais consiga um trabalho. Ninguém telefona. Ninguém menciona o filme.

Mas o tempo passa. A vida continua. Você tem a sorte de fazer outro filme.

Mas o fiasco fica lá, na história da sua vida, como um buraco negro com um campo magnético terrivelmente poderoso.

Aliás, há pessoas que têm coisas positivas a dizer a respeito de fiascos. Escrevem livros sobre o poder do fracasso e o sucesso alcançado por meio do fracasso. Fracassar, dizem elas, é uma experiência de crescimento; o ser humano aprende com o fracasso. Desejaria que fosse verdade. O principal ensinamento de um fiasco, eu acho, é que há toda uma possibilidade de você experimentar outro fiasco.

Meu maior fiasco foi uma peça que escrevi. Recebi aquilo que se chama de críticas mistas – ou seja, a peça gerou algumas críticas positivas, mas não no *The New York Times.* Arrastou-se por uns meses e então morreu. Todo o investimento foi perdido. Como se tratava da melhor coisa que já escrevi, a experiência foi especialmente destrutiva. Se penso nela mais de um minuto, começo a chorar.

Alguns fiascos sobrevivem em produções amadoras. Com essa peça, porém, nada aconteceu. Ninguém a encena em lugar nenhum. Nunca.

Vocês devem pensar que renunciei à esperança de que algo positivo aconteça, algum dia, com a peça. Mas não renunciei. Às vezes, ainda fantasio que, quando estiver morrendo, receberei no leito de morte a visita de adeus de uma pessoa que possa reencená-la e então direi: "Posso lhe pedir um favor?" O visitante dirá que sim, claro. O que mais poderá dizer? Afinal, estarei à beira da morte. E perguntarei: "Você pode, por favor, reencenar a minha peça?"

Vocês não acham patético?

CEIA DE NATAL

Temos a tradição de uma ceia de Natal. Fazemos a ceia há 22 anos. Dela participam 14 pessoas – oito pais e seis filhos – e nos reunimos na casa de Jim e Phoebe durante a semana de Natal. Por uma noite a cada ano, somos uma família, uma família jovial e provisória, uma família de amigos. Trocamos presentes modestos, fazemos previsões sobre os acontecimentos do ano seguinte e comemos.

Cada um de nós traz uma parte da ceia. Maggie traz as entradas. Como todas as pessoas designadas para trazer entradas, Maggie não gosta muito de cozinhar, mas é uma excepcional compradora de entradas. Jim e Phoebe fazem o prato principal, já que a ceia é na casa deles. Este ano, eles vão assar um peru. Ruthie e eu sempre fomos as responsáveis pelas sobremesas. A especialidade de Ruthie era um maravilhoso pudim de pão. Nunca me conformo, entretanto, que haja apenas uma sobremesa e, com frequência, faço três – uma de chocolate (por exemplo, uma torta cremosa), uma torta de fruta (como *tarte tatin*) e um pudim de ameixas que só eu como. Adoro fazer sobremesas para o Natal e sempre acreditei que fazia excelentes sobremesas. Mas agora que tudo acabou, e que fui obrigada a reviver os últimos 22 anos de ceias natalinas, compreendo que a única sobremesa que os convidados sempre comeram com verdadeiro entusiasmo foi o pudim de pão de Ruthie; ninguém jamais fez um mísero elogio a uma das minhas sobremesas. Como eu pude atravessar as ceias de Natal inteirinhas, durante todos esses anos, sem compreender uma verdade tão simples é um dos aspectos mais espantosos dessa história.

Há pouco mais de um ano, Ruthie morreu. Ruthie era minha melhor amiga. Era também a melhor amiga de Maggie e de Phoebe. Ficamos arrasadas. Um mês depois da morte dela, tivemos nossa tradicional ceia de Natal, porém nada foi igual sem Ruthie – a vida não foi mais a mesma, nem a ceia de Natal foi a mesma, nem o pudim de pão de Ruthie (que reproduzi, de acordo com sua receita) foi o mesmo. Quando abrimos as negociações sobre a data da ceia desse ano, eu disse a Phoebe que decidira não preparar novamente o pudim de pão de Ruthie, porque me fazia sentir ainda pior do que já vinha me sentindo em virtude da sua morte.

De qualquer modo, marcamos a ceia. Mas o marido de Ruthie, Stanley, anunciou que não queria participar. Estava triste demais, disse. Phoebe decidiu então convidar outra família, e chamou Walter, Priscilla e os filhos para compartilharem nossa ceia. Walter e Priscilla são bons amigos, mas há quatro anos ela anunciou que deixara de apreciar a vida em Nova York e ia se mudar, com os filhos, para a Inglaterra. Priscilla é inglesa e tem, portanto, todo o direito de preferir a Inglaterra a Nova York; no entanto, foi difícil não levar sua declaração para o lado pessoal. Mas ela e os filhos viriam passar o Natal com Walter em Manhattan, e a família aceitou o convite para nossa ceia. Dias mais tarde, Phoebe me telefonou para contar que tinha pedido que Priscilla fizesse uma das sobremesas. Fiquei em estado de choque. Eu faço as sobremesas! Adoro fazer as sobremesas. Faço excelentes sobremesas. Priscilla detesta fazer sobremesas. Sua única sobremesa conhecida é um bolo úmido em camadas, e, ao servi-lo, ela sempre anuncia que detesta o bolo e jamais o prova.

– Mas ela vai fazer o bolo que sempre faz – eu disse.

– Ela não vai fazer esse bolo – disse Phoebe.

– Como você sabe? – perguntei.

– Vou dizer a ela para não fazer esse bolo – disse Phoebe. – Aliás, você é boa em purê de batatas?

– É claro – respondi.

– Então traga purê de batatas – disse Phoebe – porque Jim e eu não conseguimos fazer direito.

– Tudo bem – retruquei.

Passei os dias seguintes pensando nas sobremesas que iria preparar para a ceia de Natal. Li o novo livro de sobremesas de Martha Stewart e encontrei uma receita de torta de cerejas. Entrei na internet e encomendei em Wisconsin cerejas apropriadas para rechear torta. Comprei os ingredientes para o pudim de ameixas que ninguém além de mim come. Estava pensando em fazer uma torta de hortelã, quando aconteceu um fato chocante: Phoebe enviou um e-mail informando que, como eu faria o purê de batatas, ela tinha pedido que Priscilla fizesse todas as sobremesas. Não pude acreditar. Arrebataram de mim as sobremesas e me rebaixaram ao purê de batatas? Eu era uma cozinheira famosa – como tinha sido possível? Passou-me pela cabeça que Phoebe estava usando a morte de Ruthie para conseguir que eu abandonasse de vez as sobremesas. Ela provavelmente tentava fazer isso havia anos; era só uma questão de tempo até me redistribuir para as entradas, substituindo Maggie, que seria, sem dúvida, relegada aos amendoins.

Tomei um banho de banheira para refletir sobre esse golpe à minha autoimagem.

Saí da banheira e escrevi um e-mail em resposta a Phoebe. Escrevi simplesmente "O QUÊ?". Achei sutil, brilhante e capaz de chamar a atenção dela.

Minutos depois, o telefone tocou. Era Phoebe. Mas ela não estava, em absoluto, telefonando por causa do meu e-mail.

– Não acredito – disse. – Acabo de receber um e-mail de Priscilla, da Inglaterra, dizendo que não vai fazer a sobremesa. Em vez disso, Walter foi a Londres e comprou tortinhas recheadas típicas de Natal. Ele vai trazê-las para Nova York. Detesto aquelas tortinhas recheadas. Detesto, detesto, detesto! Você não fez uma vez uma tortinha recheada que ninguém comeu?

– Era uma torta de passas. E gostei dela – respondi.

– Tortinhas recheadas! – exclamou Phoebe. – Quem vai querer comer tortinhas recheadas?

– O que você vai fazer? – perguntei.

– Já fiz – disse ela. – Enviei a ela um e-mail informando que tortinhas recheadas não seriam aceitas. Pedi para ela encomendar um rocambole de Natal e um bolo de coco do Eli's e mandar que entreguem aqui em casa. Tortinhas recheadas... que absurdo!

– Não acredito – prossegui. – Acho que estamos falando da mulher mais cruel do planeta.

– Quem? – perguntou Phoebe.

– Você. Por que não posso fazer as sobremesas? Eu gostava de fazer as sobremesas. Ano passado, minha torta de hortelã fez um tremendo sucesso.

– É, me lembro daquela torta.

– Este ano encomendei cerejas de Wisconsin – eu disse. – Cinquenta e dois dólares só a taxa de entrega.

– Se você quiser trazer sobremesa, traga sobremesa.

– Mas não vamos precisar, porque vai haver tortinhas e rocambole – eu disse.

– E um bolo de coco – interrompeu Phoebe. – Precisamos de um bolo de coco. Mas pode trazer o que quiser.

Desliguei o telefone. Estava cambaleando. Para piorar, eu já tinha saído e comprado dois litros de picolés de hortelã para usar na torta que não iria fazer – ou que só iria fazer se quisesse provar que era a campeã mundial absoluta do concurso Pessoas Que Não Têm Simancol. Fiquei ali parada, sentindo uma saudade terrível de Ruthie. Se ela fosse viva, nada disso teria sucedido. Ela era o traço de união, era quem nos dava a ilusão de ser uma família, era a mãe cujo amor imenso nos fazia amar-nos uns aos outros; era o espírito do Natal. Agora éramos um grupo de irmãos raivosos; sua morte nos liberara para sermos a pior versão possível de nós mesmos.

Fui para o computador e abri as fotos do nosso último Natal juntos. Lá estávamos, tão felizes, um grupo tão aconchegante, colados uns aos outros. Lá estava Ruthie. Ela exibia o mais belo sorriso.

No dia seguinte, Walter telefonou. Acabara de chegar a Nova York com 14 tortinhas recheadas e, chovesse ou fizesse sol, iria trazê-las para a ceia. "Adoro tortinhas recheadas", informou. "O Natal não seria o Natal sem tortinhas recheadas."

Sei como ele se sente.

Pudim de pão e manteiga de Ruthie

Ingredientes:

5 ovos grandes
4 gemas
1 xícara de açúcar granulado
¼ de colher de chá de sal
1 litro de leite integral
1 xícara de creme de leite fresco, mais uma xícara para o acompanhamento
1 colher de chá de essência de baunilha
12 fatias grossas de brioches, sem as cascas, com bastante manteiga num dos lados
½ xícara de açúcar de confeiteiro

Modo de fazer:
Pré-aqueça o forno a 375 graus. Espalhe manteiga numa assadeira refratária retangular.

Bata levemente os ovos, as gemas, o açúcar granulado e o sal até misturar bem.

Numa panela, leve o leite e o creme de leite ao fogo alto. Não deixe ferver. Quando você bater na panela e a mistura espirrar ou fizer um chiado, tire do fogo e coloque a baunilha. Com cuidado, sem bater, adicione essa segunda mistura à mistura dos ovos, até que ambas se mesclem.

Coloque o pão, com a manteiga para cima, na assadeira, e verta sobre ele a nova mistura. Asse em banho-maria (a assadeira dentro de uma assadeira maior, com água quente) por cerca de 45 minutos, ou até que o pão fique dourado; estará pronto quando a ponta de uma faca inserida no pudim sair limpa. O pão deve ficar bem dourado e o pudim, crescido. O prato pode ser feito no início do dia. Não leve à geladeira.

Antes de servir, salpique com o açúcar de confeiteiro e retorne ao forno, para gratinar rapidamente. Não saia da cozinha – essa fase leva apenas um ou dois minutos. Você também pode dourar o açúcar usando um daqueles artefatos modernos para fazer creme *brûlée.*

Sirva acompanhado de uma jarrinha de creme de leite fresco.

A PALAVRA QUE COMEÇA COM D

O aspecto mais importante a meu respeito, durante uma boa parte da minha vida, era eu ser divorciada. Mesmo depois que deixei de ser divorciada para me tornar casada novamente, isso continuou em vigor. Estou casada com meu terceiro marido há mais de vinte anos. Mas, quando você teve filhos com alguém de quem se divorciou, o divórcio define tudo; é o fato à espreita, uma espécie de fatia de rancor na torta que é o cérebro.

É claro que há bons divórcios, nos quais tudo é civilizado e até amigável. O pagamento das pensões dos filhos chega em dia. As visitas ocorrem no horário certo. Seu ex-marido toca a campainha e espera do outro lado da porta; ele jamais entra sem bater nem serve-se sozinho de café. Na minha próxima vida, espero passar por um divórcio assim.

Uma coisa positiva que tenho a dizer sobre o divórcio é que este às vezes permite que você seja uma esposa muito melhor para o próximo marido, pois tem um lugar onde descarregar a raiva e não a dirige contra a pessoa com quem vive no presente.

Outra coisa positiva é que o divórcio esclarece algo que o casamento obscurece – ou seja, você tem que se virar sozinha. Chega ao fim a luta pelo poder a fim de definir qual dos dois vai se levantar de madrugada: você vai.

Mas não consigo pensar em nada positivo sobre o divórcio no tocante aos filhos. É impossível se autoenganar a respeito, ainda que muita gente o faça. As pessoas dizem, por exemplo, que "é melhor para os filhos não crescerem com os pais num casamento infeliz". Contudo, a não ser nos casos em que os pais se agridem, ou maltratam os filhos, ter os pais juntos é melhor para as crianças. É cedo demais para as crianças viverem trocando de casa. É cedo demais para entenderem que as duas pessoas que mais amam no mundo não se amam mais, se é que alguma vez se amaram. É cedo demais para entenderem que nenhum pensamento positivo que tenham será capaz de reunir os pais. E toda a moderna lenga-lenga da custódia conjunta nada faz para suavizar a fria realidade: a fim de ver um dos pais, a criança divorciada precisa abandonar o outro.

O melhor divórcio é aquele em que não há filhos. Foi meu primeiro divórcio. Você sai porta afora sem olhar para trás. Tínhamos gatos aos quais eu era extremamente apegada; meu marido e eu falávamos fingindo vozes de gatos. Uma vez que o casamento acabou, nunca mais pensei nos gatos (até que escrevi sobre eles num romance, transformando-os em hamsters).

Uns poucos meses antes da separação, no meu primeiro casamento, recebi de uma revista a encomenda de escrever sobre os atores Rod Steiger e Claire Bloom e seu magnífico casamento. Fui vê-los no seu apartamento da Quinta Avenida e eles insistiram em ser entrevistados separadamente. Devia ter me servido como uma espécie de senha. Mas não percebi nada. De fato, ao olhar para trás sinto que só depois dos cinquenta anos passei a perceber as coisas direito. Bem, o fato é que entrevistei ambos, um de cada vez, em cômodos diferentes do apartamento. Eles me pareceram muito felizes. Escrevi o artigo, entreguei-o, a revista o aceitou, enviaram-me um cheque, descontei o cheque, e, um dia mais tarde, Rod Steiger e Claire Bloom anunciaram que iam se divorciar. Não pude acreditar. Por que não haviam me contado? Por que haviam concordado com um artigo sobre seu casamento se estavam se divorciando?

Mas aí meu próprio casamento terminou, e, uma semana depois, um fotógrafo apareceu no meu antigo apartamento para fotografar-nos, a mim e a meu marido, para um artigo sobre nossa cozinha. Eu não estava em casa obviamente. Tinha me mudado. E mais: esquecera que tinha marcado a sessão de fotos. A repórter que ia fazer o artigo ficou aborrecida por eu não ter lembrado, não ter telefonado, não ter contado nada a ela, e com certeza ficou zangada porque eu concordara em dar uma entrevista sobre minha cozinha conjugal quando certamente sabia que iria me divorciar. A verdade, porém, é que nem sempre você sabe que vai se divorciar. Você está casada há anos. Um belo dia, o conceito de divórcio entra na sua cabeça. Fica lá, à espera, por um tempo. Você o examina e depois toma distância. Você faz listas. Calcula quanto vai custar. Avalia os agravos, os prós e os contras. Você tem um caso. Começa a frequentar um psicanalista. Os dois começam a frequentar um psicanalista. E aí o casamento chega ao final, e não em razão de um fato específico, mais grave do que outro fato ocorrido na véspera, mas simplesmente porque você de repente encontra um lugar onde morar enquanto procura apartamento, ou porque recebe inesperados três mil dólares de seu pai.

Não pretendo ignorar o contexto. Meu primeiro casamento terminou no início da década de 1970, auge do movimento feminista. Jules Feiffer desenhava cartuns de mulheres jovens dançando loucamente, em busca de si mesmas, e todas nós éramos assim. Levávamos as coisas excessivamente a sério. Elaborávamos contratos destinados a dividir as tarefas domésticas de maneira mais justa. Participávamos de grupos de conscientização e nos sentávamos em círculos. Fingíamos não ter ciúmes um do outro. Líamos folhetos que afirmavam que o pessoal era político. Por falar nisso, o pessoal *é* político, embora não tanto quanto queríamos crer.

Porém, o principal problema de nossos casamentos não eram os maridos incapazes de compartilhar as tarefas domésticas, e sim o fato de sermos jovens incrivelmente irritáveis cujos maridos nos irritavam incrivelmente.

No meu grupo de conscientização, uma mulher um dia irrompeu em lágrimas porque o marido tinha lhe dado uma frigideira de presente de aniversário.

Por algum motivo, ela nunca se divorciou.

Mas o restante do grupo se divorciou.

Tínhamos crescido numa era em que ninguém se divorciava, e subitamente todo mundo se divorciava.

Meu segundo divórcio enquadra-se na categoria do pior dos divórcios. Tínhamos dois filhos, um deles recém-nascido. Meu marido estava apaixonado por outra pessoa. Descobri o caso quando ainda estava grávida. Eu fora passar o dia em Nova York e me encontrara com uma escritora-produtora chamada Jay Presson Allen. Pouco antes de voltar ao aeroporto de LaGuardia e pegar a ponte aérea para Washington, ela me entregou um roteiro que estava em seu poder, de autoria do escritor inglês Frederic Raphael. "Leia isso. Você vai gostar", disse-me.

Eu o abri no avião. Começava com um casal num jantar. Não consigo lembrar os nomes deles, mas para facilitar chamemos o marido de Clive e a mulher de Lavínia. Era um jantar muito sofisticado, com diálogos brilhantes trocados entre gente inteligente e pretensiosa. Clive e Lavínia mostraram-se especialmente argutos e gracejavam um com o outro de maneira encantadora e sedutora. Todos os presentes admiravam os dois e seu casamento. Os convidados sentaram-se para jantar e a conversa ágil e leve continuou. No meio do jantar, um homem sentado ao lado de Lavínia colocou a mão na perna dela. Ela esmagou o cigarro na mão dele. A brilhante conversa prosseguiu. Quando o jantar terminou, Clive e Lavínia entraram no carro para voltar ao lar. A conversa cessou e o trajeto foi feito em silêncio absoluto. Eles nada tinham a se dizer. Então Lavínia falou: "Tudo bem. Quem é ela?"

Isso estava na página oito da peça.

Fechei o roteiro. Estava com falta de ar. Naquele momento, soube que meu marido tinha um caso. Fiquei ali, parada e atordoada, o restante do voo. O avião aterrissou; ao chegar ao nosso apartamento fui direto para o escritório dele. Vi a gaveta trancada. É claro. Eu sabia que haveria uma. Achei a chave. Abri a gaveta e lá estava a prova – um livro de histórias infantis que ela tinha dado a ele, com uma dedicatória incrivelmente boboca sobre o amor eterno entre os dois. Escrevi sobre tudo isso num romance chamado *O amor é fogo*, e é um livro muito engraçado, mas, na época, não achei nenhuma graça. Fiquei louca de dor, o coração partido. Fiquei aterrorizada com o que iria acontecer com meus filhos e comigo. Eu me sentia confusa, uma completa idiota; fiquei totalmente arrasada. Temia me tornar uma daquelas mulheres divorciadas que são obrigadas a se mudar com os filhos para Connecticut e das quais nunca mais se ouve falar.

Saí de cena dramaticamente e voltei depois de ouvir promessas. Meu marido entrou no ciclo habitual nesse tipo de situação – mentiras, mentiras e mais mentiras. Eu mesma entrei num ciclo de vigilância: abria com vapor envelopes de contas do American Express, pedia que amigos jurassem segredo, descobria que os amigos que haviam jurado não sabiam guardar segredo e assim por diante. Encontrei um misterioso recibo do Antiquário James Robinson. Telefonei para James Robinson e, fingindo ser a assistente do meu marido, aleguei que precisava saber exatamente a que se referia o recibo, para fazer um seguro. O recibo era de uma caixinha de porcelana antiga com os dizeres "Amo você de todo o coração". Não parecia diferente da caixinha de porcelana antiga que meu marido comprara para mim alguns anos antes, com os dizeres "Para todo o sempre". Conto tudo isso para que vocês entendam que é parte do processo: depois que você descobre que ele a traiu, precisa continuar a descobrir outras coisas, uma vez, e mais uma vez, e várias vezes, até ter chegado a uma degradação tão completa que nada mais resta a fazer senão ir embora.

Quando meu segundo casamento chegou ao fim, fiquei com raiva, magoada e chocada.

Agora penso: é lógico.

E penso: quem pode ser fiel quando é jovem?

Penso também que essas coisas acontecem.

Penso ainda: as pessoas são descuidadas e quase nunca há consequências (exceto para as crianças, como eu já disse).

E sobrevivi. Minha religião se chama Superação. Transformei os acontecimentos numa história hilariante. Escrevi um romance. Comprei uma casa com o dinheiro do romance.

Depois que tudo passa, dizem, a gente esquece a dor. É um clichê do parto: a gente esquece a dor. Acontece que não concordo com isso. Lembro-me da dor. O que você realmente esquece é o amor.

O divórcio vai durar para sempre, parece, até que um belo dia, não mais que de repente, os filhos crescem, saem de casa, constroem as próprias vidas. Com exceção de uma chama ocasional, você perde todo e qualquer contato com o ex-marido. O divórcio durou mais tempo do que o casamento, mas por fim terminou.

E chega de falar nisso.

A questão é que durante muito tempo minha qualidade de mulher divorciada foi o fato mais importante a meu respeito.

E agora não é.

Agora o fato mais importante a meu respeito é que sou velha.

A PALAVRA QUE COMEÇA COM V

Sou uma velha.

Tenho 69 anos.

Não sou uma autêntica velha, é claro.

Uma autêntica velha tem oitenta anos.

Se você é jovem, entretanto, com certeza acha que sou uma velha.

Ninguém gosta de admitir a própria velhice. O máximo que a pessoa reconhece é que está mais velha. Ou envelhecida.

Nesta época de condicionamento físico, tintura de cabelos e cirurgia plástica, há pessoas que passam a maior parte da vida sem se sentir velhas, ou até mesmo sem parecer que envelheceram.

Mas, um dia, o joelho deixa de funcionar, ou o que deixa de funcionar são os ombros, a coluna, os quadris. Os calores da menopausa chegam ao fim; tudo cai. Manchas aparecem. Seu decote revela pêssegos maduros. Se seus cotovelos fossem virados para frente, você se suicidaria. Você diminuiu um centímetro. Ganhou cinco quilos e não conseguiria perder sequer um deles, ainda que isso fosse necessário para salvar sua alma. Suas mãos não são tão ágeis quanto antes e é impossível abrir garrafas, potes e embalagens, especialmente quando estas envolvem objetos inúteis tão bem embrulhados que mais parecem esculturas de plástico. Você morreria de fome se encalhasse numa ilha deserta e sua comida estivesse hermeticamente fechada num recipiente de plástico. Você toma tantas pílulas ao acordar que não sobra espaço para o café da manhã.

Enquanto isso, a conversa gira em torno de tomografias computadorizadas e ressonâncias magnéticas. Para onde você se volta, vê câncer. Uma vez por semana, pipoca uma má notícia. Uma vez por mês, há um enterro. Você perde amigos próximos e descobre uma das piores verdades da idade avançada: eles são insubstituíveis. Pessoas que correm seis quilômetros por dia e só comem nozes e frutas silvestres caem mortas. Pessoas que bebem meio litro de uísque e fumam dois maços de cigarros por dia caem mortas. Você entra subitamente numa loteria, o jogo de azar final, e um belo dia sua sorte termina. Todo mundo morre. Nada se pode fazer a respeito. Acontece quer você coma, quer não coma seis amêndoas todo santo dia. Quer acredite ou não em Deus.

(Contudo, não há dúvida de que é conveniente acreditar em Deus. Seria maravilhoso pensar que existe um plano e tudo acontece por uma razão. O problema é que não acredito nisso. E toda vez que uma amiga me diz "tudo acontece por uma razão" tenho vontade de bater nela.)

Em algum momento, não serei apenas uma velha, ou uma pessoa mais velha, ou uma velhota – serei realmente velha. A idade produzirá prejuízos visíveis: alguma coisa me impedirá de ler, ou de falar, ou de ouvir o que estiverem dizendo, ou de comer o que tiver vontade, ou de dar uma volta no quarteirão. Minha memória, sobre a qual ainda conto piadas, se tornará tão imprecisa que vou precisar fingir que sei o que está acontecendo.

A compreensão de que talvez só me restem meia dúzia de anos bons produziu um grande impacto sobre mim e o resultado é que tenho refletido um bocado a respeito. Gostaria de ter elaborado algum pensamento profundo, mas não o fiz. O que busco é descobrir o que realmente quero fazer todos os dias e pergunto a mim mesma: "Se hoje for um dos últimos dias da minha vida, estou fazendo exatamente o que gostaria de estar fazendo?" Minhas metas são modestas. Minha ideia de um dia perfeito é saborear um doce com cobertura de creme gelado no Shake Shack e caminhar no parque (seguidos por uma cápsula de Lactaid, que ajuda a digestão). Minha ideia de uma noite perfeita é assistir a uma boa peça e jantar no Orso (sem alho, porém, ou não consigo dormir). Encontrei outro dia uma padaria que faz meu bolo favorito na infância, e isso bastou como recordação: minha semana estava ganha. Há algumas noites, enquanto subíamos de carro a FDR Drive e as luzes de Manhattan faiscavam, fabulosas e mágicas, tudo em que pude pensar foi na minha sorte por haver passado a vida adulta em Nova York.

Íamos para nossa casa de Long Island todos os verões. Partíamos de carro no último dia de aula das crianças e só voltávamos no Dia do Trabalho, início do ano letivo. Estávamos sempre lá no final de junho, minha época favorita, quando o sol não se põe antes das nove e meia da noite e a gente tem a sensação de que viverá eternamente. No feriado de 4 de julho, fogos de artifício estouravam na praia e organizávamos um piquenique. Cavávamos um buraco na areia, acendíamos uma fogueira, cantávamos – em resumo, naquela noite, nos sentíamos uma família americana convencional (em vez da família ó-tão-modernosa, divorciada, remendada e psicoanalisada que éramos).

Em meados de julho, surgiam os gansos. Voavam em formação acima de nós, as asas cortando o ar e produzindo uma série de sons arrepiantes, sons que me deixavam eufórica. Os gansos ainda não haviam começado a empreender seu voo rumo ao sul; o que faziam era, basicamente, mover-se de uma lagoa para outra. Mas uma das razões da magia que se repetia a cada verão era, justamente, o momento preciso em que eu percebia (devido ao mero rufar das asas) as aves lá em cima.

Com o tempo, é claro, as crianças cresceram e passamos a ser apenas eu e Nick na casa de Long Island. O som dos gansos tornou-se distinto – o primeiro sinal de que o verão não duraria eternamente e em breve outro ano chegaria ao fim. E então, lamento informar, os gansos tornaram-se não só um sinal de que o verão terminaria; tudo igualmente terminaria. O resultado foi que deixei de gostar dos gansos. Com efeito, passei a odiá-los. Passei a odiar sobretudo o som que emitiam, e que deixou de ser o do rufar das asas – como eu jamais pudera pensar que se tratava disso? – para tornar-se uma buzinação sem a menor eufonia.

Não passamos mais os verões em Long Island e não voltei a escutar o som dos gansos. Em vez disso, vamos ocasionalmente a Los Angeles, onde observo os beija-flores, que amo por estarem sempre ocupadíssimos, aproveitando a vida ao máximo.

NÃO VOU SENTIR FALTA DE...

Pele seca
Jantares ruins como o de ontem à noite
E-mail
Tecnologia em geral
Meu closet
Sutiãs
Funerais
Doenças
Pesquisas de opinião pública indicando que 32% dos americanos acreditam no criacionismo
Pesquisas de opinião pública
A Fox
O colapso do dólar
O senador Joe Lieberman
O juiz Clarence Thomas
Bar mitzvás
Mamografias
Flores secas
O som do aspirador de pó

Contas
E-mail. Sei que já falei, mas quero ser bem enfática
Letras minúsculas
Mesas-redondas sobre Mulheres no Cinema
Retirar a maquiagem toda noite

VOU SENTIR FALTA DE...

Meus filhos
Nick
Primavera
Outono
Waffles
O conceito de waffles
Bacon
Caminhar no parque
A ideia de caminhar no parque
O parque
Shakespeare no Parque
Minha cama
Ler na cama
Fogos de artifício
Risos
A vista da minha janela
Luzes piscando
Manteiga
Jantar em casa, só nós dois

Jantar com amigos
Jantar com amigos em cidades onde nenhum de nós
mora
Paris
O próximo ano em Istambul
Orgulho e Preconceito
A árvore de Natal
Jantar do Dia de Ação de Graças
Compartilhar pratos
O corniso
Tomar banho de banheira
Cruzar a ponte para Manhattan
Torta

AGRADECIMENTOS

Meus agradecimentos vão, como sempre, para Delia Ephron, Bob Gottlieb, Amanda Urban e Nick Pileggi.

Agradeço também a Ariana Huffington, David Shipley, Shelley Wanger, David Remnick, Paul Bogaards e Maria Verel.

Também a J. J. Sacha.

E também, claro, aos meus médicos.

Este livro foi impresso na Editora JPA Ltda.,
Av. Brasil, 10.600 – Rio de Janeiro – RJ
para a Editora Rocco Ltda.